MINÚSCULOS ASSASSINATOS
E ALGUNS COPOS DE LEITE

Fal Azevedo

MINÚSCULOS ASSASSINATOS
E ALGUNS COPOS DE LEITE

Rocco

Copyright © 2008 *by* Fal Azevedo

Direitos reservados para o Brasil à
EDITORA ROCCO LTDA.
Av. Presidente Wilson, 231 – 8º andar
20030-021 – Rio de Janeiro – RJ
Tel.: (21) 3525-2000 – Fax: (21) 3525-2001
rocco@rocco.com.br
www.rocco.com.br

Printed in Brazil/Impresso no Brasil

Indicação editorial e preparação de originais
Anna Buarque

CIP-Brasil. Catalogação-na-fonte.
Sindicato Nacional dos Editores de Livros, RJ.

A986m	Azevedo, Fal
	Minúsculos assassinatos e alguns copos de leite / Fal Azevedo. – Rio de Janeiro: Rocco, 2008.
	ISBN: 978-85-325-2355-6
	1. Romance brasileiro. I. Título.
08-2030	CDD-869.93
	CDU-821.134.3(81)-3

Para Alexandre Azevedo Cardoso,
que sabia o quanto e como

"... te vi fumavas unos chinos en Madri
tenías un vestido y un amor
yo simplemente te vi..."

– Fito Paez

Hortelã

O vento aqui invade cada fresta, cada vão, cada canto. As árvores plantadas por Seu Lurdiano, perto do muro, não barram o vento. Só o obrigam a uivar mais, até me alcançar. Quando reclamo, Seu Lurdiano ri com a mão na frente da boca. Ele me pergunta que vento é esse que só eu escuto. Não sei o que dizer.

Maçã

Minha primeira lembrança sou eu, bebê, no colo de uma tia chamada Amália. Lembro de seu cheiro de maçã verde e de sentir conforto ao encostar meu corpo no dela. Hoje me dou conta de que, mesmo bebê – talvez principalmente por isso – eu já valorizava esse tipo de estabilidade que me permitia relaxar o corpo, recostar a cabeça e simplesmente farejar o ar. Eu via seu rosto de baixo para cima e adorava sua risada. Sei que isso não é bem uma história, mas tenho que começar de algum lugar.

Na madrugada em que minha irmã Violeta, então com 17 anos, encheu a cara de pó e estourou o carro na Rodovia dos Imigrantes, eu estava bêbada, deitada no sofá da casa do Pai, tentando decidir se vomitava ali ou no banheiro. Não me lembro dos argumentos pró e contra, mas sei que o lobby do banheiro perdeu, porque eu e o sofá fomos encontrados, ao amanhecer, cobertos de vômito, mas não de vergonha. Eu tinha 20 anos e a certeza absoluta de que o mundo me devia sustento, total compreensão, tolerância e – por que não? – colaboração. O Pai estava num de seus raros momentos de sobriedade, de pijama, sem meias e com sapatos. Ele me sacudiu até que eu aparentasse estar desperta e contou que minha irmã tinha morrido. Sensibilidade nunca foi a praia do Pai. Ele não disse que ela havia sofrido um acidente, que algo horrível havia acontecido e que eu devia me preparar. Ele disse que ela havia morrido e que era para eu me levantar, limpar aquela nojeira, tomar banho e esperar, que ele ia ligar, após se encontrar no hospital com a Mãe. Sutil como uma granada de mão.

Durante anos, mas o que é que eu estou dizendo? Até hoje tenho um perfume de maçã verde estrategicamente escondido no guarda-roupas de qualquer casa em que eu more. E quando fica tudo muito difícil, eu abro o vidro e o encosto em meu nariz.

Fiz exatamente o que o Pai mandou. Levantei, tomei banho, enfiei as almofadas debaixo da torneira do tanque e tive a maior crise de choro da minha vida – a última por muitos e muitos anos – sentada na escada da área de serviço. Num mundo pré-celulares, o Pai demorou a encontrar um telefone no hospital e, quando o encontrou, mandou que eu fosse para a casa da Mãe, porque Eliano, meu padrasto, saberia o que fazer comigo.

Eliano tinha bigodes parecidos com os daquela morsa do desenho do Pica-Pau. Quando mostro a foto dele para alguém, o comentário é: "Sua mãe deve ter tido um trabalhão." Teve nada. Eliano era louco por ela e obediente como um cãozinho.

Fui até a casa da Mãe e de Eliano, e ele deu conta de me abraçar, vestir minha meia-irmã, Ana Beatriz, que na época tinha quatro anos, dar café para nós duas, separar item por item de roupas, acessórios e maquiagem que a Mãe havia pedido para "estar composta" no enterro da filha e ainda se lembrou de escolher roupas e sapatos para a Violeta, detalhe que pareceu ter escapado aos meus atordoados pais. Depois, ainda ligou para a lista gigantesca de pessoas a serem comunicadas do ocorrido, com sua costumeira competência para lidar com a platéia. No começo da tarde, ele saiu para levar as coisas até a casa funerária, onde a Mãe também iria se arrumar.

Depois de uma noite de bebedeira, Violeta sempre me acordava com suco de laranja na cama, mesmo que ela também estivesse de ressaca. Ela escondia meus horários de chegada do Pai, da Mãe, escondia as garrafas de vodca do meu armário, ajudava a procurar as chaves do carro e a carteira, essas coisas que os bêbados vivem perdendo.

Carne Crua

Passei boa parte do dia em que minha irmã Violeta morreu com minha outra irmã, a menor, Ana Beatriz. Ela era pequena e chorava querendo a Mãe, querendo um urso de pelúcia que eu não sabia onde estava, querendo mingau. Mãe e urso eu não sabia como providenciar, mas mingau sim. Gema amarelinha dissolvendo no leite, o cheiro de açúcar, o prato de plástico de corujinha que ela adorava. Prato especial para comer mingau. Ela achava que demorava muito pra fazer o mingau e reclamava, aquela voz ardida de menininha mimada. Depois de cozinhar, já queria comer e eu colocava numa vasilha com água e gelo pra esfriar mais rápido. Hoje em dia, qualquer coruja me lembra o gosto do mingau de maisena, dos gritinhos de felicidade da minha irmã.

Anos depois tive uma filha que também adorava mingau, mas que renegando o gênio ruim da mãe e das tias, esperava paciente que ele esfriasse. E comia em qualquer prato. Eu não sei mais fazer mingau. Fica tudo empelotado e com gosto de farinha crua.

Depois do ritual do mingau, fiquei vigiando a Ana, que construía castelos em seu tanque de areia particular – nunca, jamais, uma filha da Mãe brincou nos tanques de areia coletivos, anti-higiênicos e nojentos dos parquinhos.

Quando minha filha nasceu foi que entendi como a genética é uma maldição. Eu ficava gelada de terror só de pensar na minha menina entrando naqueles tanques de areia imundos. Ela se divertindo, toda feliz, e eu paralisada de nojo.

Ana Beatriz parecia uma princesa loura, de olhos castanhos, e, enquanto trabalhava com a pazinha, repetia para Heitor, o jabuti, a mesma explicação recebida do pai dela: que tudo nessa vida tem começo, meio e fim, que as pessoas morriam e iam para o céu quando era hora, mas que elas viveriam para sempre enquanto nos lembrássemos delas. Doze anos depois, Ana Beatriz morreria de overdose no banheiro de uma boate em Belo Horizonte. Após receber o telefonema da polícia, essa foi a imagem que me acompanhou enquanto eu pegava o avião, reconhecia o corpo, providenciava a ida para o funeral em São Paulo e consolava Eliano contando mentiras, dizendo que tudo ia ficar bem: a menininha frágil brincando descalça na areia e falando com um jabuti.

Heitor vive no meu quintal agora. Às vezes, como hoje, um dos cães o enterra de barriga para cima nos canteiros. Geralmente, ele consegue se virar e escapar, mas, em algumas ocasiões, seu Lurdiano e eu temos um trabalhão para encontrá-lo. Quando o Pai e um grupo de amigos compraram o sítio para formar uma comunidade nos anos 60, o jabuti veio junto com a terra. Reza a lenda que ele tem mais de cem anos. Heitor é a última testemunha viva de nosso passado, agora que já esqueci tudo o que não me foi permitido lembrar. E ele está lá fora, em algum lugar, enterrado vivo, sem conseguir se virar e escavar, sem conseguir se salvar.

À noitinha, Eliano voltou, deu banho em Ana, fez jantar para nós três e me levou ao velório de minha irmã. No caminho, ele me contou, com o maior tato, tudo o que sabia sobre o acidente. Parecia não querer me ofender, não querer me melindrar. Contou tudo com delicadeza, como se eu ainda não soubesse que minha irmã estava morta.

Poderia ter sido eu. E deveria mesmo ter sido eu.

O velório de Viola foi um desfile de adolescentes e seus pais. Os garotos paralisados, com uma tristeza espantada, parecendo constatar o que jamais lhes parecera possível, que pessoas da idade deles podiam morrer. Se algum pai ou mãe ali considerava meus pais criminosamente descuidados, loucos de darem um carro veloz nas mãos sempre alteradas de minha irmã, não demonstraram. Passei a noite toda sentada ali, levando beijos babados de tias distantes e cuidando da minha irmã morta, que vestia um vestido rosa com flores bordadas. Ela odiava aquele vestido.

Quando éramos muito pequenas, Viola vinha até mim com a escova na mão e pedia "Tança, Lalá?", e eu fazia duas trancinhas em seu cabelo vermelho enquanto ela tagarelava. Ela usaria tranças o resto da vida, usava tranças no dia em que morreu. Feitas por mim, aliás.

Lado a lado, sem se olharem, meus pais pareciam ser exatamente o que eram um para o outro: estranhos. Eles não se conheciam mais, fazia tempo. A Mãe, muito digna em sua dor, maquiagem e roupa impecáveis, aceitava os cumprimentos com graça. O Pai parecia o tio louco de alguém, ainda o mesmo pijama, o cabelo em pé, balbuciando coisas sem sentido.

E quando eu mesma tive uma menina de cabelos vermelhos, podia trançá-los num piscar de olhos, não importando quão bêbada eu já estivesse. Eu havia treinado anos e anos nos cabelos de Viola.

O Pai, a Mãe, eu e Viola. Fazia uns bons anos que não estávamos todos juntos na mesma sala. Nenhum de nós tinha qualquer expressão no rosto. Em compensação, Eliano, sentado ao meu lado, chorava alto, a boca quadrada, segurando minhas mãos entre as dele, como se quisesse que sua tristeza passasse para mim.

No meu aniversário de 16 anos, Viola me deu *Howard's End*, uma edição de 1943, que ela comprou num sebo. "Para Alma, que é minha, e é gentil, amor, Viola." Ela tinha 14 anos.

Depois do enterro, passei a ver o Pai cada vez menos. Ele tinha o álcool, a sua dor e o trabalho. Isso ocupava todo o seu tempo. A Mãe se enfiou na cama, de onde surgiu, uma semana depois do enterro de Viola, com uma energia de maníaca, dizendo coisas como "a vida continua", "minha filha iria querer ver nossa alegria" e fazendo os mais doces elogios à Violeta. Elogios que minha irmã teria dado a vida para escutar. Ela deu.

Desistimos de procurar Heitor às sete da noite. Pela milésima vez aceitamos o fato de que os cães haviam dado cabo dele. Seu Lurdiano recusou-se a jantar e foi para casa. Mas às onze e meia escutei um barulho na porta de trás. Mais uma vez Heitor conseguiu se virar, escavar, driblar os cães e voltar para casa, para suas tigelas de água e carne crua. Ele raspa o casco na porta e faz um rush-rush baixinho. Sei que é ele. Eu o saudei, de sobrevivente para sobrevivente, e o deixei entrar. Ele gosta de dormir embaixo do fogão.

Doce de Leite

O Pai morreu moço. "Coração", disse o médico. "Birita", disse a Mãe, com um copo de vodca na mão. Eu era sua única herdeira, fiquei com a casa. Ele só tinha isso. Casa vendida, dinheiro na mão. As poucas fotos guardadas em álbuns.

Meus pais se conheceram no comecinho da década de 60, na faculdade de Direito. O Pai, no último ano, a Mãe, caloura. Segundo os relatos grogues do Pai, a Mãe era uma "coisinha".

Pensei em viajar. Orcei passagem, sonhei estar em Madri, bem linda, subindo a Gran Via num vestido lindo, falando em espanhol, como na música.

Não existe uma foto daquela época. Ela rasgou todas quando eles se separaram. Mas acredito nele, porque ela é muito bonita até hoje. Ele e a "coisinha" começaram logo a namorar. No final do mesmo ano, o Pai se formou. A Mãe, grávida, nunca mais voltaria para a faculdade.

Acordei e me dei conta de que seria ótimo viajar, mas eu não teria para onde voltar. Ou por quê.

O Pai e a Mãe se casaram em fevereiro de 1961, no mesmo mês em que o Pai, recém-formado, assumiu seu primeiro emprego, assistente de um criminalista. Cortaram juntos o bolo de muitos andares glaçado de branco, feito por minhas avós – ambas boleiras, ambas possessivas, ambas impossíveis –, com recheio de doce de leite. Eles beberam champanhe nacional um na taça do outro – a Mãe, eu na barriga, bebeu e fumou a gravidez todinha – e dançaram e distribuíram bolo para os amigos e, segundo narrações várias, foram tão felizes naquela noite, acreditaram tanto, tanto.

O apartamento de um quarto onde eu morava era alugado. Eu tinha um gato chamado Adão, um jabuti chamado Heitor, um piano desafinado, muitas telas, alguma louça descombinada e só.

Eu nasci em abril do mesmo ano, oficialmente de dois meses – o maior bebê prematuro de que o mundo tem notícia – e eles me chamaram de Alma.

Enquanto preparava um ovo frito para o café-da-manhã, filosofei que havia abandonado minha década de fúria e fazia um ano que não tinha homem na minha vida. Eu não tinha uma carreira, nem uma casa. Eu nem tinha um vestido lindo, a verdade é essa. Dei uns telefonemas e descobri uma moça em Bertioga, Sílvia, que recebia hóspedes em sua própria casa. Liguei para ela, expliquei sobre o gato e ela disse: "Venha, eu adoro gatos."

Quando nasci, morávamos na casa da minha avó paterna, Dona Estela, uma viúva espanhola, cegueta, que cheirava a mel e contava as histórias mais lindas para mim e Violeta, que também nasceu em abril, três anos depois de mim.

Na última vez em que estive na praia, minha filha, então com cinco anos, largou minha mão enquanto andávamos na beira d'água e nadou para longe de mim. Desesperada na margem, vendo sua cabecinha vermelha quase desaparecer, esqueci da minha fobia de água e fui atrás dela. Acabei salva por um garoto que, galante, garantiu que eu nadava "como um martelo sem cabo". Minha filha não morreu afogada. Voltou sã e salva para a praia. Ela era um peixinho.

Qualquer questão política sempre passou longe lá de casa. No final da década de 80, comentando algo sobre o golpe militar, meu padrasto falou em Jango. "Que Jango?", perguntou a Mãe. Eliano explicou e ela deu de ombros. "Ah, aquele." Ela realmente não se lembrava. Meus pais não sabiam e não queriam saber. Eles queriam desesperadamente se enquadrar. Espremidos entre a herança do conformismo brasileiro dos anos 50 e a turma da pílula, queriam filhos bonitos e saudáveis, um carro novo, uma posição. Meus pais queriam o sonho dourado duma classe média que nem existia mais. Ou que não existiria por muito tempo.

Comprei uma caixa de transporte para o Adão, pedi à faxineira que cuidasse de Heitor e liguei para a Mãe para dizer que ia sair de férias, sem data para voltar. Ouvi dela que férias eram coisa de gente cansada e eu não tinha do que estar cansada. Não nos falávamos desde o enterro do Pai. Ela perguntou quem ia cuidar da casa dele. Eu disse que não tinha mais casa. Ela ficou puta. Eliano assumiu o telefone, me desejou boa viagem e desligou.

Com carne moída, choc-choc

Cheguei a Bertioga e pedi informações até achar a tal pousada-que-aceitava-meu-gato. Não era bem uma pousada, era uma casa de família onde se recebiam hóspedes. Adão, gato de apartamento, à vontade desde o primeiro momento, descobriu que existiam coisas maravilhosas como árvores, passarinhos, cães, outros gatos, vida boa. Eu demorei um pouco mais, tive medo de sair da caixinha, mas quando saí fiquei feliz.

No fim da década de 60, o casamento de sete anos dos meus pais começava a ratear. O paraíso da classe média não era exatamente o que esperavam e eles se sentiam lesados pela vida. Amigos falavam em "reformas estruturais", em "questões que transcendiam" e em, hahaha, "amor livre", e eu acho que eles olharam em volta, viram que viviam exatamente como seus pais sempre viveram e piraram. Meus pais piraram.

Em Bertioga fiquei 20 dias zanzando, quase sem fazer nada.

Conversei na cozinha horas seguidas com Sílvia, a dona da casa. Hipnotizada, descobri que suas mãos montam lasanhas com rapidez supersônica, com extrema competência despelam tomates, recheiam pimentões, põem canela no leite das meninas, mexem a polenta, recheiam frangos, dão de comer ao coração e à barriga ao mesmo tempo. Fiz minha receita de pão de minuto, açúcar, farinha, ovo, leite, manteiga e fermento, aprendi a fazer mentiras, leite, farinha e muito ovo, resumi minha vida num samba curto e ela também.

O Pai se juntou a outros advogados infelizes e perdidos e comprou o Sítio de um alemão, em São Roque, no interior de São Paulo. A intenção era formar uma comunidade "aberta", um lugar onde cada um fosse livre para acreditar e viver como quisesse. A intenção era fugir das chatices ("amarras", eles chamavam as chatices da vida adulta de "amarras") e debandar para o interior, como se tocar um Sítio fosse coisa fácil e descompromissada.

Em Bertioga também passei muito tempo na praia. Chutando a areia para cima, vendo os moleques dando caldos uns nos outros, bebendo água salgada, pegando sol na pele e jacaré, felizes, os cabelos duros, bocas manchadas com cor de uva dos picolés.

No fundo, o Pai era um bocó, e isso me comove. Não deveria, mas comove.

Outra coisa que fiz foi comer pastéis – parece que Bertioga é a capital brasileira dos pastéis. Eu mereço. De todos os sabores, comi lentamente, o queijo um fio, a carne moída soltinha lá dentro, choc-choc, pastéis enormes cujo recheio é meio ovo cozido e a maior parte do conteúdo da geladeira, pastéis de camarão e palmito, frango e lingüiça, o óleo escuro e fundo donde eles emergem coradinhos. Comi pastel atrás de pastel como se não houvesse mais nada no mundo além de comer e pensar. Não havia mesmo. Uma redenção.

Doeu dizer tchau para minha avó. A velhinha ainda tentou convencer meus pais a nos deixar com ela até que "as coisas se arranjassem". Mas eles queriam que suas meninas saíssem da cidade "suja" o mais rápido possível, que crescessem ligadas à Mãe Terra, aos elementos da natureza, preparadas para ingressar na Era de Aquário, para entender as energias cósmicas e para ser instrumentos da paz. Palavra de honra.

Comprei uns postais, mas não mandei. Passei 20 dias respirando profundamente, sem pensar em grandes questões, sem penar de grandes dores, sem ter grandes idéias.

Moramos no Sítio quatro anos. As famílias iam e vinham, poucas permaneciam mais de um ano e meio.
A vida numa comunidade é tão diferente e tão igual. O que dá para contar é o óbvio e o que não se consegue explicar não tem jeito, tem que ser vivido, uma experiência que você teve ou não, como tudo nesta vida. Havia cantigas de roda e bolos de mel, joaninhas na hor-

ta. Teve, sim, um lado idílico, puro, mas teve todo o resto, o estranhamento, as pessoas novas, as regras, as regras mudando... O que é um mundo de criança sem regras claras? Como assim, as regras mudaram? As drogas, as brigas violentas, o medo.

Percebi que, se um dia eu fosse a Madri, Bertioga seria um pedaço de chão para o qual voltaria com prazer.

Eu tinha sete anos quando chegamos ao Sítio. De repente, não tinha mais que dividir um quarto só com minha irmã, mas com nove crianças. E meus brinquedos não serviam mais.

No vigésimo primeiro dia, fui até uma imobiliária pedir informações.

Minha boneca Susi, minha boneca Amiguinha, tudo que eu tinha era um reflexo da sociedade capitalista, materialista e exploradora. Eu sentia falta da TV, da Vida Alves tão linda em O pequeno lorde, que mal tinha acabado de começar quando fomos embora pro meio do mato.

A primeira reação da moça da imobiliária foi tentar me empurrar para vários condomínios perto da praia.

Queria voltar a jogar queimado e futebol de botão, e a brincar de pique bandeira, cinco-marias, polícia-e-ladrão, pique esconde, roda, estátua, maré, pingue-pongue, pular corda com meus amigos da rua. Chatice de criança.

Os apartamentos que a moça da imobiliária me levava para ver eram uns trambolhos, anunciados nos folhetos como "pé na areia", umas cabeças-de-porco, não importando quão elegante a classe média possa se sentir passando o verão neles. Fachadas azulejadas, medonhos peixes de acrílico pendurados nas varandas e, principalmente, tudo caro demais para mim.

Eu queria comer os bolos recheados da minha avó, queria ver desenho animado, queria deitar a cabeça no colo da velha e fechar os olhos naquela casa cheia de cacarecos, de canecas de louça, de estatuetas horríveis, de gatos preguiçosos.

Expliquei para a moça da imobiliária o que eu queria. Uma casa. Com quintal. Num bairro de gente pobre, meu Deus, não tem pobre em Bertioga? Longe, bem longe da praia, do agito, das gentes doiradas e siliconadas. Demorou para a moça entender.

O carrossel de lata, eles me deixaram levar para o Sítio. Eu acreditava em Papai Noel, Saci Pererê e Coelhinho da Páscoa e isso eu também pude levar, carreguei no peito, uma semana antes de cada Natal eu tinha umas crises de fúria tão assustadoras que o Pai embarcava Viola e a mim num ônibus, frete direto para a casa de uma das avós. Eu ajudava a montar a árvore com bolas coloridas que quebravam quase só de olhar e fingia que aquela vida era minha. Numa manhã, a caixa de papel colorido com meu nome revelou uma boneca Beijoca quase do meu tamanho, que deve ter custado os maiores sacrifícios aos meus avós. Quando as férias acabaram, a Beijoca foi morar comigo no Sítio e, símbolo degradante do capitalismo decadente ou não, ai de quem encostasse nela.

A moça da imobiliária não acreditava que eu não tinha nem dinheiro e nem vontade de ter um apartamento no olho do furacão.

No Sítio, do que podíamos brincar, o que fazíamos ou dizíamos, o que comíamos, se nos seria permitido ir à escola, tudo isso era motivo para brigas homéricas entre os adultos. Ficou decidido que todas as crianças freqüentariam um dos colégios estaduais de São Roque, embora parte dos pais ripongas dali fosse contra. E estavam banidas brincadeiras que estimulassem o consumo e revelassem qualquer tipo de tendência burguesa, ou que fossem meramente divertidas.

Croquete

No fim, a moça da imobiliária e eu fizemos um trato. Se eu achasse a casa que queria, ela veria a situação do imóvel, se os documentos estavam certinhos, se eu podia comprar sem medo. Negociaria com o dono e ganharia a comissão. Ela topou.

Para um lugar que se propunha ser "livre", até que tínhamos bastantes regras no Sítio. Plantávamos quase tudo o que comíamos. Comer animais estava proibido. Qualquer carne era chamada de "cadáver", e comer "cadáveres" acumulava carma negativo. Aparentemente, o consumo de drogas não acumulava carma negativo. E junto com feijão azuki e abóbora guisada, o que mais se consumia por ali eram cogumelos e LSD.

Passei muitos dias passeando de carro e anotando os telefones das plaquinhas de "Vende-se".

As crianças do Sítio freqüentavam o colégio e a mortificação da minha vida era ver a Mãe nas festas, com roupas esquisitas e coloridas, cabeluda, cheirando a suor e maconha. Na esquina da escola eu comprava um proibidíssimo picolé de groselha que eu chupava até extrair todo o suco e deixar só gelo no palito.

Visitei algumas casas bem boas, outras nem tanto, e nenhuma era o que eu queria.

Uma vez, uma colega de classe fez sua festinha de aniversário na escola e, ao ser informada, por mim mesma, de que eu tinha comido coxinha e croquete, a Mãe invadiu a escola feito a fúria divina, informando à diretora que não ia permitir que a filha fosse "envenenada". Engraçado notar que passei a vida toda me dando esse tipo de rasteira. É só eu começar a me divertir um pouco que logo dou um jeito de me boicotar e acabar com a farra.

Depois de vários dias pesquisando, caí num bairro novo, cara de loteamento recente, perto de uma longa avenida chamada Anchieta. Casas enormes de veraneio, casas menores que podem ou não ser de turistas, e casas pequenas, com quintais grandes, cachorros sem raça, crianças andando de bicicleta – coisinhas típicas de quem realmente mora no lugar.

As crianças nasciam com regularidade no Sítio, e eu já tinha idade suficiente para saber como burlar a vigilância e assistir aos nascimentos. Eu era fascinada por eles. Adorava a excitação que antecedia cada parto, os mantras, os incensos, as caminhadas que a futura mãe fazia amparada pelas outras mulheres, os gritos, a expulsão do bebê, o sangue, o sangue. Perdi a conta dos partos a que assisti encolhida atrás de uma cortina. Agora, essa aventura toda me parece ser uma irresponsabilidade brutal, temerária e anti-higiênica, mas, por incrível que pareça, só tivemos uma mãe morta, em todo aquele tempo, e nunca perdemos um bebê sequer.

Perguntei o nome da rua a um menino de skate na mão.
– Rua H-8.
Loteamento novo mesmo, as ruas ainda nem haviam sido batizadas. Mais alguns metros para frente, as casas vão rareando, muitos terrenos, muito mato. Rua de terra. É assim até hoje. E então, eu a vi.

Os brinquedos e as brincadeiras das crianças, enquanto morávamos no Sítio, eram assuntos graves, seriíssimos, discutidos com solenidade nas reuniões gerais.

Eu sentia a euforia dos malucos em pensar que podia viver ali na praia.

Nós não tínhamos televisão ou rádio, os jornais vinham de São Roque com dias e dias de atraso.

Respiração curta, mãos suando, Dona Alma prestes a mudar tudo, acreditando piamente que uma casa nova seria a solução. Dona Alma e seus eternos recomeços. Dona Alma em busca da treta perdida.

De vez em quando uma de minhas avós nos buscava para "passar o final de semana na civilização". Acho que eu comia uns dez bifes em dois dias, e eu nem gostava tanto assim de carne.

Por trás da placa vermelha de "vende-se", um portão feio de madeira. Por trás do portão, depois dum quintalão, ela. Branca, térrea, cheia de janelas. Com alpendre. Porta da entrada de ferro e vidro. Sem cara de nada, só de casa.

Mas quando voltávamos para o Sítio e eu via nossa casinha amarela, a horta, as outras crianças brincando, eu ficava feliz em voltar. Não queria ficar, mas ficava.

Desci do carro, respirei fundo. Tentei o portão, mas estava trancado. Quando me virei para voltar pro carro, tinha um velhinho a dois palmos do meu nariz.

– Boa-tarde.

Disse que se chamava Lurdiano, morava a uns 200 metros dali, ouviu o carro, viu que tinha parado, veio ver se era comprador. Disse também que era amigo do falecido dono e se ofereceu para me mostrar a "propriedade".

E de noite eu chorava na cama, de ódio, de ódio. Ser criança é ser absolutamente impotente diante da vida e eu odiava essa sensação.

Seu Lurdiano ainda chama minha casa de "propriedade", como se estivéssemos no campo inglês.

Maço de couve

Seu Lurdiano acaba de entrar aqui com um maço de couve na mão. Disse que a couve já estava limpa – ele sabe que tenho um medo atávico de besouros. Besouros e água, além do futuro, meus maiores medos. Freud teria me adorado. Depois contou entusiasmado que a loja de artesanato do Centro tinha vendido um quadro meu. Dona Jana, vizinha nossa e caixa da loja, chegou do trabalho com a novidade.
Balancei a cabeça com gravidade:
– Que bom, Seu Lurdiano, enganamos mais um tonto. – Ele riu e foi para a cozinha, espero, refogar o presente com muito bacon e alho.

Meu avô paterno, velho botequeiro e engraçadíssimo, era viciado em corrida de cavalos. O fato de ser tratador dos cavalos do Jóquei Clube não era de grande ajuda, claro. Numa das vezes em que o velho Juan perdeu tudo nas patas dos bichos – "tudo" foi tudo mesmo –, eles tiveram que deixar a casa onde moravam.

Você acha que vai crescer e que o mundo, enfim, deixará de ser assustador, que você vai ter mais controle, que vai, pelo menos, entender as cousas, aprender as regras. Mas não há regras, ou melhor, as poucas que existem mudam constantemente e eu me vejo como quando tinha seis anos, parada, de olhos arregalados, cara a cara com o imutável, o inexplicável, o assustador, balbuciando "... mas... mas... mas...". Que merda.

Meus avós foram morar no que, na época, era um charco, um lugar tão ermo que fazia minha avó chorar todas as noites.

Frio, afinal. Ouço Seu Lurdiano bater as panelas na cozinha e resmungar "aqui na Bertioga, até quando está frio faz calor", hahaha. Para mim, isso é o céu.

Esse lugar que minha avó odiava porque achava que era o fim do mundo, depois seria a avenida Rebouças, uma das maiores e mais movimentadas avenidas da cidade de São Paulo, mas como é que minha pobre avó ia saber?

Saldo da semana: joelho esquerdo com uma enorme mancha roxa, três cortes superficiais nas mãos, um corte profundo na mão, inúmeras batidas de cabeça nas quinas, uma delas com sangramento, um dedão do pé amassado por uma lata de comidinha de gato, joelho direito torcido ao descer da escada, umas cinco picadas de mosquito, inúmeras dores de cabeça, palma da mão direita com queimaduras sérias. Essa casa está tentando me matar.

Viveram ali na Rebouças, pobres de marré de si, quase cinco anos juntando dinheiro para mudar, e durante todo esse tempo o cardápio não variava: arroz com couve, almoço e jantar – a couve era da horta, o arroz era barato. Nem a fase natureba do Pai tirou dele o trauma de couve. Ele tinha nojo até do cheiro.

Para quem mora na praia, dezoito graus é um frio medonho, e vamos nós, pobres nativos enregelados e tolos, fazer nossas compras de luvas e cachecóis, nos sentindo elegantes londrinos. Seu Lurdiano entrou aqui com um gorro rosa-choque, com pompom azul-turquesa. Não sei a quem ele puxou. A mim não foi.

O Pai parecia não ter medo de nada. Ratos, ladrões, fim do mundo, a morte, nada o assustava. Ele gritava "Eu sou Suuuuuper Paaaai!" e dizia que morreria assassinado por um marido ciumento aos 97 anos. Bem novinha, eu não sabia o que queria dizer ciumento. Mais velha um pouquinho, não entendia a lógica e em silêncio me perguntava "Como assim? O Pai tem um marido?". Quando consegui juntar lé com cré e entender, a piada já tinha perdido a graça há muito tempo. Mas eu ria mesmo assim.

A gata cor de laranja que estava dormindo sob a mesa da cozinha foge do barulho e dos resmungos de Seu Lurdiano. Ela vem em minha direção com seu andar rebolativo, miando baixinho, indignada com a interrupção.

O Pai odiava a própria família. Desprezava a irmã costureira, a mãe dona-de-casa, o pai tratador de cavalos. Dizia que o velho era um medíocre, um acomodado, o mesmo emprego a vida toda.

Heitor fareja a couve e sai de baixo do fogão, todo animado. Animação de jabuti, lógico. Seu Lurdiano fala baixinho com ele e eu não posso ouvir o que conversam.

As filhas de meu pai viraram mulheres que dariam a alma para fugir de seus jantares, de sua companhia, que tinham vergonha de seu passado e de sua figura e esta ironia me escapou por muito tempo.

Seu Lurdiano pergunta se está bom, se eu quero repetir. Respondo que ninguém pica uma couve tão fininha quanto ele e estendo meu prato.

Manjericão

Quando sonhei com uma casa, jamais sonhei com um quintal. De jeito nenhum. Detesto plantas, não sei cuidar delas.

Sozinhos, os lobos não valem grande coisa. São uns cachorros magricelas e, embora rápidos e inteligentes, suas garras e dentes são pequenas se comparadas às dos outros animais. Mas juntos são capazes de caçar, proteger-se mutuamente e cuidar de seus filhotes. Eu tinha 7 anos e nunca me esqueci deste discursinho do Pai. Foi assim que ele me explicou por que nós iríamos nos mudar da confortável casa de minha avó para o meio do mato.

Não fosse a habilidade e a generosidade de Seu Lurdiano, que cuida do quintal, eu já teria cimentado tudo.

Meu pai se sentia tão desprotegido quanto um lobo sozinho. Freud teria adorado a família toda, isso sim.

Rio sozinha quando me lembro que o quintal da casa de minha avó Estela era inteiro coberto de cacos de cerâmica vermelha. Todo sábado ela encerava o chão e depois, para guardar seu carro no quintal – a velha morria e matava por sua Brasília – tinha que colocar paralelepípedos atrás dos pneus, para que ele não escorregasse no chão inclinado. Lembro dos poucos vasos de plantas meio murchas que ela tinha em seu quintal, de sua impaciência com joaninhas e lesmas, e dela freqüentemente se esquecer de regar as plantinhas, que eram todas jogadas fora e substituídas, e já sei a quem puxei.

O Sítio tinha quinze mil metros quadrados de terreno e uma casa caindo aos pedaços no meio. O Pai e mais quatro amigos venderam carros, aparelhos de som e alianças de casamento – nenhum tinha casa própria. Cinco homens de classe média, casados, com filhos, sentindo-se traídos pela vida. Sentiam-se velhos demais para pertencer à geração que mal se anunciava, da paz, do amor e da flor, e novos demais para não terem desejado pertencer a ela. No fim, todo mundo se sentia traído por todo mundo, e não teve plantação orgânica de feijão azuki que mantivesse todos felizes.

Quando me mudei para a praia, Seu Lurdiano tinha planos grandiosos, ele queria formar um jardim cinematográfico, horta de temperos separada da horta de legumes, manjericão para cá, abobrinha para lá, canteiros disso e daquilo, flores várias. Dava gosto a ordem do velho.

Quando o verão do desbunde rolou em 1971 em Arembepe, o Pai e seus sócios já estavam havia mais de três anos ouvindo rocks rurais, plantando e colhendo com a mão e se desesperando em cima dos livros de contabilidade do Sítio. Ah, sim, uma comunidade alternativa também tem que dar lucro se quiser que seus membros tenham um mínimo de confortos burgueses como luz e água – coisas que meus pais definitivamente queriam.

Poucos meses depois, desanimado pela minha total falta de talento para a jardinagem e com a sanha assassina dos cães e gatos que comiam, pisoteavam e destruíam qualquer boa intenção que ele tivesse, Seu Lurdiano capitulou.

Criança de roça tem muito bicho de estimação, especialmente na roça vegetariana. Além dos montes de gatos e cães, tínhamos um bode (Tenório), várias cabras (nós só tomávamos leite de cabra), muitos tatus (que fugiam), jabutis (que também fugiam, porque o pessoal lá não era muito esperto), uma macaquinha (que teve umas convulsões horríveis, morreu na minha frente e eu fiquei impressionadíssima), alguns cavalos (com nomes lindos, como Mascavo, Romeu e Eurico) e um jacarezinho (que mordia e foi solto logo).

Seu Lurdiano me convoca para testemunhar o milagre da vida, crente de que, assim, irá me inspirar. Cada novo botão de flor, cada folhinha que brota é uma oportunidade para o pobrezinho acreditar na minha conversão. E eu, treinada que fui durante toda a vida para fingir entusiasmo, alimento suas esperanças.

No Sítio, a lua-de-mel entre as famílias não durou. Brigas por conta de grana, coisas compradas, coisas vendidas, decisões. As brigas que qualquer empresa com mais de um sócio tem, mas a situação era agravada pelo fato de que os sócios moravam todos juntos, drogavam-se juntos e, claro, comiam as mulheres uns dos outros.

E as perguntas? Seu Lurdiano quer saber se eu prefiro flores destas ou daquelas. Quando respondo que prefiro as de plástico, ele sai pisando duro. Sabe Deus as pragas que ele murmura detrás daquele cigarro de palha.

As brigas dos adultos da comunidade afetavam as crianças. Brincávamos de guerra com maior freqüência e intensidade, as granadas de lama que explodiam nas minhas costas faziam minha alma arder, todos eram atacados por inimigos camuflados e as tardes sempre acabavam com, no mínimo, um nariz sangrando. Nunca o meu. Eu distribuía porradas e sopapos, numa agressividade até então insuspeita. A Mãe choramingava: "Mas você era tão quietinha!" Era.

– Olha só – Seu Lurdiano mostra –, se você corta a folha aqui e aqui e depois coloca a folhinha num vaso assim, ela deita raízes. E essa aqui, a muda é tirada assim, viu que fácil? Fazer isso acalma a pessoa.

"Que pessoa, cara pálida?" Penso em perguntar a ele. Eu quero jogar tudo longe.

Narizes sangrando, escoriações variadas e os pequenos fungando foi demais para a tigresa que vivia escondida no coração de cada mamã natureba da comunidade. No começo, os castigos coletivos se limitavam a colocar a criançada em círculos, de olhos fechados, onde deveriam mentalizar o bem, enquanto eram doutrinados sobre a não-violência e o amor universal. Mas aquilo não estava adiantando nada, a pancadaria continuou e guerreiras de classe média, com o avental todo sujo de ovo, ergueram-se para defender suas crias. Totalmente esquecidas de que ali todos "são nossos filhos, filhos da luz", as moçoilas iam aos gritos para cima dos agressores, o que desencadeava mais gritos "com meu filho você não grita", o que acabava em confusão. E mais narizes sangrando. O final estava próximo.

Acreditando que meu amor por comida pode mover montanhas, Seu Lurdiano inventou uma horta.

A Mãe nos levava quase todos os domingos a uma fazenda de leite, não muito longe do Sítio. Viola, de galochas amarelas, andava encostada naquelas vacas enormes, dóceis. E estendia a caneca para o ordenhador e depois bebia seu leite de olhos fechados, bigode de espuma, as galochas enterradas no esterco. Viola foi uma criança fundamentalmente feliz. E eu ali, de galochas vermelhas que pinicavam meus pés, com nojo de leite e cara feia. Eram cinco da manhã e eu odiava todo mundo.

Cercada, telada e coberta, cheia de sementinhas e promessas, supostamente à prova de cães furiosos, a tal da horta de Seu Lurdiano não durou nem três dias.

Derrotadas, frustradas, com raiva umas das outras, as mães da comunidade começaram a cuidar de seus próprios bacuris, seguindo os mais variados métodos. Quando a mãe de Ana Quimera e Amora comprou fígado num açougue na cidade e fez as meninas comerem "porque elas estão brancas e magrinhas, esse negócio de comida vegetariana é bom para o filho dos outros e tem mais: as filhas são minhas" foi um escândalo. Naquele sábado, as comedoras de fígado e seus pais entraram num fusca azul-calcinha e foram embora do Sítio. Em menos de dois meses, nós iríamos também.

Seu Lurdiano agora se limita a podar as árvores e a aparar esse mato resistente que eu pomposamente chamo de grama, e fixar estacas nos arbustos que ele julga mais frágeis. Depois, senta-se no chão, enrola um cigarro de palha e olha em volta, com cara de desgosto.

Mel

Fumo minha derradeira cigarrilha da noite na varanda de casa, ouvindo a respiração de Seu Lurdiano sentado ao meu lado. Ele tem uma asma feroz. Peão, vigia, tratador, jardineiro, pintor, carpinteiro, motorista, lavrador. Tirando cirurgia cerebral, acho que não existe nada que Seu Lurdiano não faça. Com 70 anos, ainda trabalha, faz bicos pela cidade toda, conhece todo mundo. Pica fumo como o meu bisavô, com um canivete sem ponta, enrola seu cigarrinho de palha e fuma feliz da vida. Diz que esse negócio de cigarro fazer mal é invenção desses "bando de médico capado que só quer ganhar dinheiro". Perguntou por que eu nunca vou à missa. Respondi, e ele disse que não gosta de padre, mas que vai à missa porque a estátua da Virgem tem a cara da mãe dele. Ele traz bolo e canjica, preocupa-se comigo, cuida do meu jardim e não aceita dinheiro de jeito algum. Diz "nós é amigo" e não aceita nada. Tento pagar disfarçadamente, com compras e bobagens, mas o velho é duro na queda.

Violeta nasceu com asma, problemas respiratórios e baixa oxigenação. Desde sempre eu a escutava lutar para respirar na cama ao lado da minha e me perguntava se ela ia morrer. Era meu maior medo. Meu medo secreto. Anos e anos depois, a psicanálise me ensinou sobre a proximidade assustadora entre medo e desejo, o que só faz minha culpa aumentar cada vez que penso nisso.

Seu Lurdiano é o melhor amigo que eu tenho em anos e nós temos o melhor tipo de amizade: casas separadas, sem grandes intimidades, sem muita conversa, sem ciúmes e sem sexo. Fazemos hoje o que fazemos todas as noites. Jantamos (ele adora minha comida), assistimos ao *Jornal Nacional* e fumamos na varanda, falando pouco. Lá pelas onze, ele dá boa-noite e vai embora. Ele nasceu em Bertioga, nunca se casou. A certa altura da vida teve um filho com uma namorada, mas o menino morreu de leucemia aos 8 anos. Todo mundo de quem ele não gosta é "capado". Todo mundo de quem ele gosta "tem senhoria", eu inclusive, que vim morar aqui sozinha, sem marido, sem grana e sem muito juízo.

Durante todo o tempo em que dormimos lado a lado, minha irmã e eu, lapidei fantasias sobre a morte de Violeta. Cada vez que eu me levantava no meio da noite para lhe dar uma colherada de xarope de mel, fantasiava que iria checar sua respiração e que, ao notar que ela estava imóvel, beijaria sua testa gravemente. Sim, eu vi televisão suficiente na casa da minha avó. A partir desse ponto, a fantasia variava. Nas versões em que eu corria imediatamente para contar para a Mãe o que estava acontecendo, às vezes eu saía gritando pelo quarto, assustando e acordando todo mundo – as crianças dormiam num quarto coletivo no Sítio. Às vezes, eu saía silenciosa e digna de perto da minha irmãzinha, para ir acordar meus pais e desmaiava no meio do quarto, graciosamente, não sem antes soltar um gemido. Havia também as versões da fantasia onde, imobilizada pela dor e pelo choque, eu só conseguia me ajoelhar ao lado de minha irmãzinha e rezar de mãos postas, o que acredito que fosse uma vaga lembrança da casa de minha avó, porque no Sítio não se rezava. A Mãe Terra era venerada com danças e cantos, acredite se quiser.

E-mail da Rose: "Alma, hoje ele é casado com Maria, olhos verdes. Casou com ela um mês depois que eu saí de casa, uma semana depois que ele tentou jogar o carro lá do alto da serra com nós dois juntos. Beijos aturdidos, Rose."

Fosse qual fosse a versão, minha irmã mais nova morria e meus pais, corroídos pela culpa, resolviam me tirar daquele Sítio idiota, antes que sua, agora, única e preciosa filha, também morresse. Íamos todos morar com minha avó, tirávamos as roupas coloridas que me faziam sentir vergonha, o Pai voltava a ter um emprego, a Mãe ficava em casa cozinhando para mim, comida de verdade, não arroz integral e bolos de mel, e eu estudava numa escola com uniforme de blusa branca e saia xadrez. O mundo inteirinho desbundando e Dona Alma sonhando com a mais careta das vidas.

– Alma, Francisco Petrônio era motorista de táxi e começou sua carreira de cantor aos 44 anos. – Seu Lurdiano me ensina coisas espantosas, não sei de onde ele tira essas informações. Essa do Francisco Petrônio ele mandou para me animar, para me fazer rir desse meu arremedo de carreira.

Depois das crises, Violeta acordava querendo água, colo e doces. Vinha para a minha cama, e fazíamos bichinhos com as mãos, para as sombras não nos assustarem. Pode parecer bucólico e terno, mas não era. Era uma miséria.

O que eu teria feito com todo o tempo que gastei, e gasto, tentando me magoar? Talvez eu tivesse tido mais filhos, três, uma carreira de verdade e até, delírio dos delírios, um casamento feliz, pelo menos por certo período, com alguém bacana, pelo menos por certo tempo.

Às vezes ela vinha para a minha cama depois de um pesadelo. E eu ensinei a ela que, se ficássemos imóveis debaixo dos lençóis, o lobo não nos veria e iria embora. Eu não tinha como saber que o lobo não vai embora nunca.

Os dias estão lentos, as dores, rápidas e eu tomo muito sorvete de morango nos finais de tarde.

Fubá

Carta para Esther: "As estações confusas neste país atrapalhado fundem as cabeças das moçoilas em flor, que saem pelo mundo a bordo de terninhos e sandálias, minissaias vestidas com botas, bermudas e salto alto e muito gliter, dia ou noite. Confusas, as pobres."

No Sítio, a Mãe chorava e brigava com o Pai. Ele dizia que ela estava louca, ela dizia que não tinha ido morar naquele fim de mundo "para isso". Hoje adivinho que o "isso", do qual a Mãe reclamava, era o tal do "amor livre" (céus, que expressão velha). Filha de alemães, pai e irmãos militares, mãe e tias modestas donas-de-casa, a Mãe tinha problemas em aceitar aquela anarquia toda, mas em especial os conceitos que denunciavam a caretice da monogamia e as vantagens do casamento aberto.

A casa não mudou nesses poucos anos em que estou aqui, tenho pavor de obras e reformas. Dois quartos e uma cozinha grande. Janelas teladas. Uma sala feita de sofás velhos e macios, tapeçarias gastas e uma quantidade temerária de livros. A porta da cozinha dá para um quintal, ainda maior que o da frente. Árvores.

Como foi que a Mãe topou ir para aquele interiorzão, se enfiar lá no Sítio, jamais saberei. Há alguns anos perguntei sobre isso e ela resmungou que na época parecia uma boa idéia. Podem me chamar de simplista, mas eu sempre achei que o que terminou por aniquilar nossa experiência rural não foi nem a saudade de chocolates, nem os piolhos, foram os ciúmes da Mãe. Nem uma semana depois daquela briga, fomos embora dali, e ninguém estava mais feliz do que eu.

Bilhete perdido para o Cláudio Luiz: "A raiva miudinha, que me consome o dia todo, como se fosse ferrugem, como se fosse dor, como se fosse verdade, como se eu soubesse do que se trata. Venha me salvar, criatura, enquanto ainda há o que salvar. Amor, A."

Deixar o Sítio prometia ser uma aventura. Ainda que estudando num "colégio normal", com "crianças normais" e, portanto, tendo contato diário com a civilização ocidental, eu sentia medo de pensar na vida fora dali.

Um cachorro cinzento, vira-latas há, pelo menos, cinco gerações, vagava pelo quintal na primeira vez que vi a casa. Ele era do dono da casa, amigo de Seu Lurdiano. O filho não o quis depois que o pai morreu. Seu Lurdiano tentou levá-lo para a casa dele, mas o danado fugia e voltava para cá. Seu Lurdiano o alimentava com papa de fubá e não sabia mais o que fazer.

Mesmo detestando o Sítio, ele era um porto seguro. Eu sabia que a vida iria mudar, queria que mudasse. Mas tinha medo.

Mais perguntas, Seu Lurdiano me enlouqueceu na primeira visita. Tudo que ele não fala hoje em dia, falou no dia em que me conheceu. Eu tinha cães? Eu tinha filhos? Meu marido viria no final de semana ver a casa? Eu queria construir uma piscina no quintal de trás? Eu viria todos os finais de semanas ou só nas férias de verão? Eu ia fazer reformas? Eu tinha barco? Eu ia usar a garagem para guardar um barco? Eu ia construir uma garagem? Ia pagar à vista? Porque se fosse, Seu Lurdiano tinha certeza de que o filho do amigo faria um "preço camarada". Eu ia querer caseiro? Eu ia querer empregada?

Os dias que antecederam nossa saída do Sítio foram tão frenéticos que mal tivemos tempo de pensar. Mas os dias seguintes à nossa saída, já instalados na casa de minha avó materna, Dona Greta, foram de estranhamento. Pela primeira vez na minha vida eu podia ouvir o silêncio.

As perguntas intermináveis do Seu Lurdiano, o sol na minha cabeça, a certeza de que aquele lugar era meu lugar me deixaram tonta e eu precisei sentar. Sentei num banquinho de cimento ao lado da porta da cozinha, Seu Lurdiano se sentou no chão, no cimento que ladeia a casa, o cachorro ficou meio afastado, embaixo de uma árvore, certamente achando aquilo tudo muito esquisito. Àquela altura ainda não sabíamos, mas estávamos encenando um ritual que se repetiria. Sentados no quintal, exatamente naqueles lugares, pelos anos seguintes falaríamos bobagens ou ficaríamos em silêncio, faríamos confidências, discutiríamos receitas e analisaríamos importantes questões para os rumos da civilização ocidental.

Nossa família não ficava sozinha há anos. Sempre havia alguém em volta, sempre havia uma intromissão. Dona Greta tentava bravamente se intrometer em tudo o que fazíamos, dizíamos, comíamos e pensávamos, ela não era páreo para a zona com que nos havíamos acostumado no Sítio. Estávamos sós ali. Mais que tudo, sair do Sítio foi um encontro com nossa solidão. Sem escape, sem refresco. Só tínhamos a nós mesmos. Não tínhamos ninguém.

Perguntei o nome do cachorro. Átila, claro. Anunciei a Seu Lurdiano que não tinha filhos e nem marido, que ia comprar a "propriedade" para morar, que o cachorro poderia ficar se ele não tentasse comer meu gato e que se ele soubesse de um menino para limpar o mato, poderia mandá-lo falar comigo ali mesmo, dali a um mês.

A Mãe nunca havia reparado como Violeta gostava de desenhar e como desenhava bem. Eu nunca tinha notado que a Mãe roía unhas. A Mãe nunca havia tido tanto tempo, e tão pouca possibilidade de fuga para as minhas perguntas, nem havia notado como meu hábito de estalar os dedos era irritante. E todas nós nos espantamos ao constatar o quanto o Pai bebia.

Mostrando os cômodos da casa para mim, Seu Lurdiano me informou que foi ali na cozinha que o amigo dele morreu. Derrame. O corpo levou quatro dias para ser encontrado. Seu Lurdiano não entende nada de venda de imóveis.

O Pai começava a bebericar pouco antes da hora do almoço, ou seja, assim que acordava. E adentrava a madrugada de copo na mão. Minha avó não gostava muito disso, mas só começou a ficar danada de verdade quando a Mãe começou a acompanhá-lo em sua missão etílica. Lembro deles sentados no sofá, animados com o porre de fim de tarde, contando para Viola e para mim sobre a vida deles quando se conheceram, sobre as coisas que queriam e as dores que tinham. Eram historinhas pouco recomendadas para meninas pequenas e, conforme os meses foram passando, as confidências ficaram sérias demais. Assim, Dona Greta instituiu o final da tarde como "hora da lição" e passou a nos tirar dali antes da catarse começar, mas não antes do Pai ter tido tempo, certa tarde, de me explicar que eu havia sido um erro que eles tentaram reparar.

A moça da imobiliária cumpriu a parte dela. Recebi minhas chaves. E, ao voltar, quinze dias depois, com minha pobre mudança, meu jabuti numa caixa de papelão e meu gato engaiolado, vi Seu Lurdiano fumando, sentado nos degraus da frente da casa, com o cachorro deitado ao lado. O quintal estava perfeito. Se havia mesmo um erro, parecia ter sido sanado.

Conhaque

Acordo agitada e sem conseguir respirar. Sonho repetidas vezes que Eduardo segura meu rosto e me olha. Sei que, dali a uns poucos segundos, ele dirá "Você é a coisa mais importante da minha vida", então prendo a respiração para esperar o momento. Mas o momento não vem. Ele segura meu rosto e não diz nada. Sento na cama, acendo um cigarro e fico quieta. Moro longe da praia, ouvir o mar é impossível daqui, mas sempre tento. Tenho vários pensamentos mágicos e um deles é esse, que se eu me concentrar bastante, vou conseguir ouvir o mar. Concentrada e em silêncio penso no resto, o que é assustador.

Quando a fase hippie dos meus pais acabou, exatamente ao mesmo tempo em que o casamento deles, saímos da comunidade. Mas meus pais ainda insistiram em viver juntos mais alguns anos, afinal de contas não existe nada que não possa ser piorado nessa vida.

Devagar, sonho e realidade começam a se separar e a fazer sentido, algum sentido, pelo menos. O ar me vem mais fácil. Eu me lembro de onde estou. E onde não estou.

Voltamos para São Paulo. Eu tinha 11 anos e Violeta, 8. Minha avó paterna havia morrido, e nós fomos viver com Dona Greta e o Seu Max, os pais de minha mãe. Dona Greta foi uma das mulheres mais rígidas que eu já conheci. Rigidez. Sua mais marcante característica juntamente com o amor cego e absoluto pela Mãe e o ódio total do Pai.

E-mail da Biuccia: "Questão de ordem, Alma. E quando a atual noiva do seu ex manda convite para o chá de cozinha dela? (O Guiga estava comigo ao telefone quando abri o envelope e disse que no caso desse casal em especial é 'chá-de-coisinha'.) Ou a moça é um primor da civilização ocidental, Alma, ou ela misturou as listas de endereços e deve também ter convidado os ex dela, aquelas cousas. Mas eu, filha da Dona Marli, moça de fino trato, já escrevi declinando, lamentando meus muitos compromissos e pedindo endereço para o presente. Eu também sou um primor, Alma. Beijocas. B."

Ela culpava o Pai por ter engravidado e arrastado a promissora filha dela para uma comunidade no meio do mato; ela o culpava pelo fim do casamento, pela faculdade que a Mãe nunca terminou, pela roda-viva de drogas e confusões em que eu e minha irmã sempre vivemos e pela morte da Viola. Ela culpou o Pai a vida toda, por qualquer coisa que passasse pela cabeça dela, do preço do pão aos namorados esquisitos da minha meia-irmã, Ana Beatriz, que nem era filha dele.

Resposta ao e-mail da Biuccia: "Pois eu acho que tu deverias ir, querida, tomar um pifão de sangria e brindar os convidados com profundas explanações sobre a fimose do rapaz – que, aliás, virou advogado, sabias? Querida, de que boa te livraste. Alma."

Em seu leito de morte, vinte anos atrás, ela culpou o Pai pelo atraso da Mãe. Meus pais estavam separados havia mais de dez anos, não se viam desde o enterro de Ana Beatriz, mas ela declarou com um fio de voz que, antes de conhecer o Pai, a filha dela não era irresponsável.

O gato amarelo veio fumar comigo. Ele morde meu dedão, charmosa tentativa de me convencer a ir até a cozinha. A coisa mais fofa nesse gato é que, quando eu choro, ele apóia a pata no meu rosto. Como agora.

Dona Greta só morreu depois que a Mãe voltou da França, onde estava com meu padrasto, numa viagem que não teve um dia sequer perdido, apesar de meus insistentes telefonemas. Depois de desembarcar, comprar conhaques no Free Shop, deixar as malas em casa e tirar uma soneca, a Mãe chegou ao hospital fresca e relaxada. O fuso horário, as caras feias ou a morte iminente da velhinha não puderam afetá-la.

Ah, as fantasias sobre o amor absoluto. Sinto muita inveja da Mãe, cada vez que me lembro dessa história. E daria um braço, desde que não o meu braço de pintar, para ser objeto de um amor destes. Para ser a menina dos olhos de alguém. Deve ser uma sensação maravilhosa saber-se responsável pelo sorriso do outro, uma fonte inesgotável de poder.

Ao ver a filha, a cor voltou ao rosto de minha avó. A filha dela havia chegado, éramos todos dispensáveis. Ela rosnou para expulsar a irmã da cadeira ao lado da cama, a Mãe se sentou ali e, duas horas depois, a velha morreu sorrindo. Eu juro por Deus.

Quando o cigarro acaba, e o sono também, tiro os gatos do caminho, vou até a varanda e ouço o mar. Mas só ouço, mesmo, o vento.

Depois do enterro, a Mãe foi a um spa e perdeu a missa de sétimo dia.

Pé-de-moleque

Gribada. Buito, buito gribada. Chata. Sem encomendas de telas para os próximos beses. Com pouco aludos. Gribada. Tosse. Fungada. Denhuba carta de abor. Tosse. Espirro. TV a cabo fora do ar. Sem jantar. Gribada.

Meio brincando, meio por querer, descobri que se eu me dependurasse do jeito certo na porta da despensa, ela daria um estalo e abriria. Eu tinha cinco anos e amava a despensa, exatamente porque não podia entrar ali. Minha avó levava seu estoque a sério e aquele era o único quarto trancado da casa. A chave morava dentro do sutiã da velha e não havia negociação possível: criança não entra.

Garganda arranhando. Alimentando sentimento bouco gederoso e dada cristão sobre as criancinhas que brincam de pegar na rua, cujos gritos percorrem binha coluna e be fazem estrebecer. Espinhas. Gribada. Tosse. Espirro. Bou ali morrer um pouco. Fungada. Jantar por fazer, posto que Seu Lurdiano foi visitar um abigo em Sorocaba e só volta sebana que bem. Gribada.

No começo usei esse esconderijo para fugir dos monstros que moravam nas sombras do meu quarto. Mas em breve, minhas buscas lá dentro revelaram tesouros que mereciam visitas, com ou sem monstros nos meus calcanhares.

Dariz entupido. Gribada. Uma pilha de roupas acumuladas para lavar. Gribada. Melhor amiga em crise. Tio na UTI. Montes de e-mails para responder. Gribada. Filme vagabundo na TV aberta. Gribada. Espirro. Espirro. Cachorro comeu almofada. Tosse. Fungada. Outro cachorro avançou no carteiro. Casa bagunçada. Gribada.

Além das ferramentas de meu falecido avô, Dona Estela guardava ali caixas de roupas velhas, botas de jardinagem, brinquedos quebrados, brinquedos novos e embrulhados, prontinhos para o Natal, louça de festa, latas de óleo e sacos de arroz e, ahá, altos potes de cerâmica cheios de pé-de-moleque, e a caixa de remédios.

Tinta a óleo no finzinho em quase todas as cores, e quem é que tem coragem de ir comprar bais? Espirro. Gribada, gribada, gribada. Dada tem gosto, dada tem cor. Tosse. Fungada. Gatão branco comeu um diabo de um matinho e está bais doente que eu. Gribada. Veterinário queria be internar junto com o gato.

Era mais ou menos assim: com quatro ou cinco barras de pé-de-moleque e um vidro de xarope para tosse do meu avô (sabe Deus a data de validade do remédio, se é que se usava esse tipo de coisa naquele tempo), eu me deitava num tapete velho e passava horas muito agradáveis, doidona de açúcar refinado, codeína e zipeprol.

Cabeça zonza. Gribe, gribe. Os cachorros querem comida e colo. Eu quero que eles se danem. Tosse. Fungada. Espirro. Perdi o cartão do banco, dão posso fazer compras pela interdéte. Gribada, gribada. O lado degro da força cobeça a me adrair.

Minha vida *junkie* teve uma interrupção com nossa mudança para o Sítio. Lá os remédios alopáticos não entravam, e as drogas dos adultos, maconha, LSD e álcool, não me atraíam. Ainda. Claro que, de quando em vez, eu roubava um pote de xarope da enfermaria da escola, mas não era a mesma coisa, eu queria o fornecimento constante e seguro da casa de Dona Estela.

O padre da paróquia aqui berto quer que eu vá numa reunião de leitura das Sagradas Escrituras. Dão, dão, dão, ele deve estar tomando o mesmo xarope que eu. Tosse. Fungada. Gribe, gribe.

Aos 11 anos, quando fui viver na casa de minha outra avó, Dona Greta, retomei minha vida de viciada alegremente. A casa da velha era um paraíso de psicotrópicos. E não apenas remédios para tosse, mas antialérgicos, bombinhas para asma, remédios para dormir, remédios para acordar. Vovó era uma firme patrocinadora dos laboratórios e eu fazia a minha parte, consumindo avidamente tudo que aparecia.

Telefonema do tintureiro para avisar que perdeu meu edredom de florzinhas. Gribada. Cabeça doendo. Celular fora da área de cobertura. Gatos revortosos. Unhas totalmente roídas. Pobre. Gribada. Vontade de ir para a praia, o que quer dizer que estou doente mesmo. Bulta de trânsito dum lugar ao qual dunca fui. Gribada. Gribada. Tosse. Espirro. Malvada. Gribada. Sem boletas da alegria. Não bom.

Eu começava na cômoda da minha avó com comprimidos variados e terminava na sala, tomando licor de leite com vodca numa caneca de porcelana estrategicamente escondida atrás da cristaleira. Nenhuma criança riu tanto do desenho do tamanduá azul.

Romã

Estou letárgica. É um filme meio fora de foco, cujo final já conheço. Claro que eu nunca fiz o modelito "mulher muderna, ativa, propaganda de absorvente", mas estou mais lerda do que nunca. Nem bicho grilo, mais lerda, nem vitoriana, mais lerda ainda, barroca, eu me sinto usando veludos pesados, fazendo penteados complicados, bebendo vinho em taças de metal e posando para retratos sete, oito horas por dia.

Moramos no Sítio até 1972. Eu tinha 11 anos e fui lançada às feras em agosto, enfrentando o segundo semestre de um colégio de freiras. Escola careta, meninas caretas, ensino careta. Adorei cada minuto. Era isso que eu queria.

As pessoas, as coisas, é como se não fosse comigo, é como se fosse um filme do SBT passando na TV do vizinho.

As freiras do colégio botavam latim, filosofia, história da arte e estética no currículo. O que quer dizer que não é culpa delas eu ter virado esta besta. A farda era saia plissada, blusa com monograma bordado e um chapeuzinho. Chique e ridículo. Eu cantava Bach no coral e escrevia com uma Parker 51, o vidro da tinta Azul Royal era *art déco* e eu não queria nem ouvir falar em esferográficas. Com as freiras eu também estudava piano e bordado e me esforçava ao máximo para viver na década de 70 dos anos 1800.

Sempre adorei drogas. Os xaropes do meu avô, os licores e as boletas das minhas avós, a birita de meus pais, tudo isso sempre me levou para onde eu queria ir. Depois do acidente de Violeta, qualquer entusiasmo que eu tivesse por drogas ilícitas passou. Minha fixação por boletas também passou. Meu negócio passou a ser o álcool. Seria tentador botar a culpa nos meus genes, fruto que sou dessa família de alcoólatras, mas resisto. Acho que a culpa é minha.

Com a adolescência vieram fases alternadas de euforia e risos altos e fossas profundas e choros sem razão. No cinema, o encontro escondido com o namorado acontecia na sessão das seis. Ah, e o sonho já tinha acabado, eu não tinha dormido no *sleeping bag*, mas eu era Beatles *Forever*, embora os discos da Jovem Guarda do meu tio me atraíssem "toda vez que chove, eu me lembro da garota quase sonho que me deu tanta emoção".

Aliás, as drogas foram meu único limite imposto à minha década de homens-roubada. Tive de todos os tipos, menos os drogados. Se da expressão "drogados" forem excluídos os alcoólatras, *por supuesto*.

Aos 15 anos eu era apaixonada terminal por um menino lindo do colégio, dois anos mais velho do que eu, que tocava violão clássico. Sabe Deus como, consegui me enfiar na turma dele, e ia às festas todas, as famigeradas festas com rodinhas de violão, e ouvia enlevada enquanto ele tocava. Não só pelo talento dele, ele era muito bom – é até hoje, fez carreira e vende muito CD no Japão –, mas também porque eu me enchia de álcool do começo ao fim da noite e achava tudo lindo. Ele tinha cabelos compridos, olhos cor de mel, mãos bem magrinhas, um certo quê de hippie, o que era o fino nos anos 70, uma família complicada e amigos divertidos, com quem desfilava pelos corredores da escola. Eu quase morria, e adorava quase morrer, adorava aquele sofrimento, adorava ser invisível e ter surtos de choro no meio da aula de geografia. Ah, ter 15 anos e ser babaca sem hesitação ou escrúpulos! O tal tocador de violão não me dava bola durante as festas, então eu enchia a cara com os amigos dele. E descobri que poucas coisas são mais deliciosas do que encher a cara.

Pelo menos uma vez por semana, sonho que estou bebendo numa taça alta e colorida e acordo de ressaca. Nos meus sonhos, enquanto encho a cara, sempre me pergunto por que parei de beber, se é uma coisa que gosto tanto de fazer.

O primeiro sutiã Du Loren, o Leite de Rosas para a limpeza da cútis, as cem escovadas no cabelo antes de dormir, Modess e calça Lee de contrabando.

Sou destrutiva até nos meus sonhos, claro, mas isso não é nenhuma novidade.

Eu morava com o Antônio havia quase um ano quando resolvi dar uma carteira nova para ele. Presente para comemorar nosso primeiro aniversário. Comprei a tal carteira, dei, ganhei uma pulseira, festinha, beijocas, ele passou os documentos da carteira velha para a nova. Feito o prólogo, senta que lá vem história.

A vida toda gostei de beber no escuro, em silêncio. Só o gosto da bebida em minha boca, o único sentido estimulado. Deus, como eu adorava isso.

Pouco depois, arrumando a mesa para servir o jantar (eu não era uma *domestic goddess*, como ensina nossa amiga Nigella Lawson, mas dava meus pulinhos), achei um papelzinho dobrado num canto da mesa, justo no lugar onde ele havia colocado os papéis da carteira velha. Um papel alumínio dobradíssimo. Abro, não abro, o que é, o que não é. Num primeiro momento foi automático, como aquela coisa de desdobrar clipes. Mas aí, os *Globo Repórter* que eu vi na vida, fora o convívio curto, porém esclarecedor, com minha irmã Violeta, alertaram: é droga. Puta que pariu, Tonho está se drogando, que merda, vou embora pra casa da Mãe, não vou, conto para ele, encosto o cretino na parede, ligo pro pai dele, o que eu faço da vida, se ele me perguntar onde tava o papel que ele deixou aqui como que eu vou reagir, que merda, justo no nosso aniversário, não acredito, que bosta de vida, o que eu faço, Deus do céu. Pensando em desgraça e abrindo o embrulhinho. Xi, tá muito dobrado, isso é coisa de profissional, se ele sai do banho e me pega aqui com a boca na botija, merda, o que eu digo, acabou-se, eu vou pra casa do pai dele e peço guarida, ai, meu Santo Antão. Vai daí, uma coisinha marrom, pequena, cai na minha mão. Puta que pariu, é crack, Tonho está fumando crack, mas para fumar crack tem que ter cachimbo, ele não fuma, eu sou louca, isso não pode estar acontecendo comigo, Tonho trabalha, escreve, não está mudado, não é possível que ele fume crack, a vida da gente já era, puta que pariu-merda-bosta, justo no nosso aniversário, eu não acredito. Levanto com o papel na mão, o que eu faço, vou jogar fora, se ele perguntar nem vi, boto a culpa na faxineira, vou até a estante e escondo o embrulho, todo amassado, atrás de um livro. Não dá mais para colocar no lugar e fazer de conta que nada aconteceu, mas eu não posso ser avestruz, se ele tá se drogando eu tenho que fazer alguma coisa, eu vou surtar, Deus do céu. Até que... plim: calma aí. Isso é a macumbinha de ano-novo que a gente fez e guardou na carteira. São sementes de romã para não deixar faltar dinheiro. Eu também tenho uma na minha bolsa. Não é possível eu ter pensado tudo isso do Tonho. E recomeça o blá-blá-blá na minha cabeça.

Sinto falta de beber, tanta falta, falta de beber até tudo ficar amortecido, até meus buracos e espaços escuros serem preenchidos, beber até que a felicidade seja inescapável. Tudo era menos doloroso quando eu bebia. Uma das maiores surpresas que tive depois de duas, três semanas sem beber, foi a intensidade das coisas, da vida. Tudo me espantava, tudo me atingia com força. Eu gostava muito mais de mim quando eu bebia. Muito mais.

Manteiga Aviação

O inverno aqui na praia é uma delícia. Tudo vazio, mesmo nos finais de semana. Vou pelas ruas vazias, entrando e saindo da estrada, com o rádio do carro no máximo, cantando, quase sem ver o que vem à frente. Saudades do Pai. Ele me tiraria pra dançar se estivesse aqui ouvindo *Someone To Watch Over Me*. Dançar era uma das coisas que fazíamos muito bem juntos. Ele não tinha chance de ser cruel, eu não tinha chance de fazer drama e nós não pisávamos nos calos um do outro. A trégua só durava até o fim da música. E, apesar de toda a dor que nosso relacionamento nos causava, da estranheza que havia entre nós, de tudo que não foi dito e, se dito, acabava mal compreendido por ambas as partes, sinto falta dele, dos telefonemas que dávamos de madrugada, os dois insones, para falar sobre livros, sobre a vida. Trocávamos receitas pseudocientíficas para gripe às gargalhadas ("Uma caneca de chá de alho com três comprimidos dissolvidos, quatro colheradas de xarope tarja preta, e três dedos de uísque, isso tudo tomado com os pés dentro de uma bacia de água com amoníaco, Alma, ou a gripe acaba ou você

morre, de qualquer forma a coisa se resolve"), falávamos mal
do governo, planejávamos viagens que nunca iríamos fazer.

Porque ele me ensinou a andar de bicicleta. Porque ele sabia
como me magoar. Porque ele cantava no banho. Porque eu subia nos
móveis e gritava "Madeeeeeiraaaa!" e ele corria para me apanhar.
Porque ele nos contava as historinhas do Bingo. Não, Pingo. Bingo.
Pingo. Ai, decide como é o nome do indiozinho, Pai. Porque ele nos
ensinava astronomia também, com lanternas e laranjas. Porque ele
passava o tempo todo fazendo média para a arquibancada, e só eu
sacava. E durante muito tempo, tive que pagar o preço do seu teatro,
e isso não é justo. Porque seus carros tinham nomes engraçados como
"Roberta Close", "Juvenal Alfafa", "Viatura". Porque a vida sem ele é
tão ruim, que muitos dias eu não consigo nem sair da cama.

Comecei a dançar com ele assim que aprendi a andar.
A clássica cena da garota dançando em cima dos pés do papai. Quando eu tinha 11 anos, ele me ensinou a dançar valsa.
Mas não essa valsinha bunda-mole que se vê por aí, era valsa
de verdade, com rodopios e tudo, coisa de se dançar nos salões de Sissi, a Imperatriz. Ele dizia que era para o caso de eu
me casar com o herdeiro de um trono europeu, hahaha. E eu
acreditava, é lógico. Eu acreditava, basicamente, em tudo o
que o Pai dizia.

Porque eu nunca fui capaz de ser o que ele queria que eu fosse.
Porque ele amava meus cabelos. Porque ele tinha enciclopédias muito
boas e agora elas estão aqui. Porque eu tenho uma foto dele com uma
flor na boca. Porque, na primeira vez que eu me vesti de "mulherzi-

nha", ele tirou os tamancos-plataforma dos meus pés no meio da rua e jogou num terreno baldio, e eu não me lembro de humilhação maior. Porque doze horas antes de morrer, ele estava preocupado com a minha gripe. Porque eu nunca amei tanto alguém. Porque ele entrava em casa gritando: "Meninéia e Garotéia, com o papai não se bobéia!" Porque eu nunca odiei tanto alguém. Porque ele fazia "ovos no inferno" e tostex, e nós ríamos na cozinha. Porque ele se cercava de gente de décima categoria, sempre. Porque ele adorava as cantinas do Bexiga, e comia fusilli e cantava e batia palmas no ritmo da música. Porque ele tinha a gargalhada mais gostosa e mais rara, e o que eu mais desejava na vida era fazê-lo rir.

O Pai amava o inverno. Adorava festas juninas e quermesses. Pinhão. Vinho quente. Bolo de fubá quente com manteiga Aviação derretida. Ele tinha um gorro de tricô verde, desgraçadamente feio, mas que ele usava pra escrever, porque a careca era o único lugar em que ele sentia frio. Dava um calor no coração chegar em casa da escola ou da gandaia, nas fases espaçadas em que morei com ele, e vê-lo às voltas com seus papéis, trabalhando feito um bandido, de cuecas azuis, gorrinho verde de tricô e chinelas de couro.

Porque eu não sabia o quanto doía, embora soubesse da dor. Porque seus gritos me paralisavam de medo. Porque eu nunca aprendi a perder. Porque eu nunca soube ganhar. Porque ele me deu a chave de casa quando ainda era muito cedo pra isso. Porque ele comprava biscoitinhos recheados de chocolate e dizia "Vem cá, comprei os Olímpicos". Porque ele chamava a despensa da casa de *special reserve*. Porque ele cantava a música do baile na gafieira pra mim, e a dos sapatos de Iracema e aquela em italiano, sobre o comunismo. Porque ele me ensinou a amar música cubana. Porque eu não passo um dia sem pensar nele. Porque ele sempre me levou para viajar, e viajar com ele era andar com o melhor guia turístico do mundo. Porque uma vez, em Lisboa, ele me disse: "Civilização é isso aqui, digam o que disserem. O mundo é melhor em Portugal." Porque ele sabia dos gregos, dos romanos, dos fenícios, dos visigodos. Porque suas malhas tinham um cheiro bom. Porque sua mãe tinha olhos azuis. Porque eu queria um pai, não um amigo. Porque nós não fomos nem amigos.

Quando o frio era muito, ele concedia a graça de usar alguma camiseta do time de futebol de salão dele, no qual, do alto dos seus cento e tantos quilos, ele só fazia figuração.

Porque ele andava a cavalo como um huno. Porque eu nunca vi mãos tão belas quanto as dele. Porque, na formatura de ginásio da Viola, ela ali tão linda em cima do palco, ele virou para mim e disse "A sua irmã foi a melhor coisa que eu fiz na minha vida", e eu senti tanta raiva, tanta inveja. Porque as palavras duras nunca paravam na sua garganta e sempre paravam na minha. Porque ele se deitava no chão do meu quarto, pegava na minha mão e cantava "Se essa rua fosse minha" com a voz mais doce do mundo.

Eu chegava, beijava o velho e ele dizia: "Paga um café!" A gente ia pra cozinha, ele se servia dum café miserável, deixado pela empregada na garrafa térmica às cinco da tarde, e me tirava pra dançar naquela cozinha feiosa e bege, cantarolando *I Only Have Eyes For You*, num inglês que só ele entendia.

Ele não foi uma boa pessoa. Nunca me amou como eu queria ser amada. Ele nunca disse que eu era bonita, mesmo que fosse mentira. Ele se cercava de pessoas nojentas, amorais, perigosas. Mas, caralho, eu sinto muita falta dele. Especialmente no inverno. Especialmente em julho. Especialmente hoje, Pai.

Chá

E-mail para a Helga: "Quando eu juro por Deus é pra valer, Helga, e o fato dele não existir não tem nada que ver com isso. Amor, A."

A melhor frase sobre nossa infância quem dizia era a Violeta:
– Não é possível que tenha sido sem querer.

Eu gostava quando ela dizia isso, mesmo sabendo que, no fundo, ela dizia para fazer graça. E porque me amava. Mas ela adorava nossos pais, adorou a infância dela, cada ano, cada fase, cada maldita festa de aniversário. E, mesmo assim, se odiava e odiava o resto o suficiente para se matar, drogada, dirigindo feito uma louca.

E-mail da Marlene: "Nenhum dia termina, Alma. Os dias não têm fim. Um novo dia sempre começa, mas os dias velhos, inacabados, não vão embora. M."

O sonho da Viola era fazer medicina. Ao contrário de mim, ela sempre soube o que quis, o que ia fazer, sempre. Quando ela estava com 16 anos, eu lhe perguntei o que ela faria se tivesse uma paciente que se drogasse tanto quanto ela. Ela disse que viraria para a mulher e perguntaria: "Divide comigo?"

Tenho uma gata de olhos amarelos que me segue pela casa. Ela vai comigo até para o banheiro e me espera na porta miando baixinho. Seus olhos estão sempre postos em mim, o que aumenta minha culpa durante os assaltos à geladeira no meio da madrugada. Durante minhas aulas, ela fica deitada embaixo do meu banco, sua pancinha branca espalhada no chão frio. Mas quando os alunos vão embora e começo a pintar, ela pula na mesa ao lado do meu cavalete e julga severamente cada pincelada que dou.

Minha avó me ajudava a fazer a lição de casa na mesa da cozinha, enquanto moramos com ela. Naquele tempo, minha lição de casa era colorir figuras e ligar pontos, claro, mas eu fazia com a seriedade de quem projeta foguetes. Enquanto isso, Viola pintava com giz de cera o papel à sua frente, a mesa, as paredes. Depois, livros guardados, minha avó fazia brigadeiro, ou batia bolo e eu ajudava quebrando ovos, lambendo as colheres, enquanto Viola fazia colares de macarrão.

Eu adorava me enfiar embaixo da escrivaninha do meu pai, do lado da caixa de som, para ouvir os detalhes e ficar olhando as capas dos elepês dele. Não tinha grito que me alcançasse, nem dor que não se curasse se eu estivesse ali.

Engraçado como são as coisas quando a gente é criança. Lembro da casa de minha avó paterna como uma casa enorme, uma mesa enorme, um jardim enorme, uma sala enorme, sem fim. Tudo perspectiva. Não era grande, tenho certeza de que se eu fosse lá hoje iria levar um susto, iria achar que encolheu.

As bolhas nas minhas mãos, o cachorrinho bebê que acabo de adotar, os desvarios em Brasília, meus prazos estraçalhados, o planejamento de uma exposição coletiva em São Paulo me enlouquecendo, os substantivos que não sei usar, os verbos que não sei conjugar e já é quase quinta-feira?

Violeta se sentava ao meu lado e me "ajudava" com a lição, escolhia os lápis, dava palpites nas cores dos desenhos.

Depois que Viola morreu, eu descobri que sabia desenhar, que herdara seu talento. Descobri que sabia ver e botar no papel o que via, habilidade insuspeita até então. Ninguém ficou mais surpreso que eu.

Ao saber que a Mãe estava grávida, desejei ardentemente uma menina e na manhã em que a bolsa da Mãe estourou, ela me disse: "Alma, estou indo buscar sua menina."

Deus, tem horas em que mereço uma empadinha, tá sabendo? E uma Fanta Uva. Mas vocês já repararam que em casa de gordo não tem nada que preste? Isso é um mistério.

Lembro o azul da toalha de banho com que minha avó foi correndo enxugar o chão.

O ventilador do teto sopra um ar friozinho em cima de mim, graças a Deus pelos pequenos favores. Suo mais na frente deste maldito computador do que quando estou pintando ou fazendo qualquer outra coisa. Lembrar cansa, é trabalho físico acima de tudo. Hoje está mais difícil atravessar para a outra margem.

O Pai me levou ao hospital para ver o bebê no dia seguinte. Ela era linda e eu a odiei instantaneamente. Eu quis tanto uma menina e só quando a vi e entendi que era real, percebi que não era mais o bebê da casa.

Naquele tempo, eu tinha certezas enormes, verdades de tamanho médio e medos pequeninos, como deve ser.

Vi o bebê no berçário, tive uma crise de choro, e disse que não queria morar com ela.

Quando eu era pequena, minha avó brincava comigo de "festa do bule de chá", que nada mais era do que brincar de comidinha, mas ela punha chapéu com aquele veuzinho em mim (minha avó Estela já havia se sustentado fazendo chapéus para senhouras da sociedade, num tempo em que ainda tínhamos senhouras e sociedade), pulseiras, casaco bonito e nós brincávamos com a louça de verdade dela. A de festa. Nem passava pela cabeça da minha avó que eu pudesse quebrar alguma coisa. E eu nunca quebrei.

No dia seguinte, quando a Mãe voltou do hospital com a neném nos braços, minha avó me deu um pacote. "Foi a Violeta que trouxe para você, Alma." O presente era uma boneca de madeira. Minha avó abriu a barriga dela e ali dentro havia outra boneca, igualzinha. As barrigas foram sendo abertas, uma após a outra, seis ao todo. Dentro de cada uma, uma nova boneca, menor que a anterior. "Como você e sua irmãzinha, que saíram de dentro da barriga da mamãe", disse minha avó. Definitivamente subornada, passei a amar a Viola, no segundo em que entendi que nós vínhamos umas das outras, como as bonecas. Para mim era certo que aquela boneca era mesmo um presente da minha irmã. Só muitos anos depois é que eu fui me lembrar da história e pensar: "Ah, vocês me enganaram!"

A gata gorduchona e cor de laranja se joga em cima dos meus pés, mal eu me sento na frente de *la computadora*, e dorme o sono dos justos, largada, ressonando, atrapalhando minhas reminiscências. Talvez eu devesse avisar a essa pobrezinha que ela não é um cachorro, mas não tenho coragem.

Viola tinha um cabelo lindo, quase vermelho. Quando eu mesma tive uma menina de cabelos vermelhos para trançar, às vezes, distraída, eu me perguntava onde havia aprendido a fazer tantas coisas: eu sabia vesti-la, trançar seus cabelos, embalar seu sono, preparar o mingau e contar histórias. Aprendi tudo isso brincando de cuidar da minha irmã.

Em homenagem a esse frio de praia, cinzento e úmido, frito batatinhas para comer com arroz e suco de uva. Comida de infância.

Laranja

Peguei na rua muito mais cães do que desejava. São nove agora, e preciso separá-los de vez em quando, ou tirar todos de circulação, eles me enlouquecem. Peguei muitos gatos também, mas, castrados, eles andam pelo quintal, fazem o que querem e não me aborrecem tanto. Os cães, não. Os cães andam atrás de mim o dia todo, eu me viro e eles estão lá querendo ração, colo, conversinha. Eu adoro, mas, às vezes, me canso. Seu Lurdiano veio me ajudar a colocar tela nos canis novos.

Passei o tempo todo da infância apavorada. Petrificada. Eu não controlava nada, não entendia como as coisas funcionavam. Era assustador ser tão pequena, tão frágil. Na cama, eu rezava para crescer, e rápido. Sonhava sair de casa, aos 15 anos. Não saí, claro. Só fui embora aos 21, com muitas dúvidas, um claudicante diploma em artes plásticas nas mãos, algumas dúvidas e um emprego medíocre, no qual ensinava donas-de-casa enfadadas a assar seus próprios potes de barro.

Mudar para a praia, aos 40 anos, a carreira por um fio, com amigos e parentes dizendo que era roubada, a Mãe gemendo e suspirando de desgosto, foi... O quê, uma ousadia? Um ato desafiador, de coragem? Não, com 40 anos, eu me sentia velha demais para grandes atos de destemor. Foi outra coisa, uma espécie de desistência, sem dúvida. Foi uma aceitação, do tipo "já que é pra levar uma vidinha medíocre, vamos levá-la na praia".

Aos 23 anos, encontrei um homem e respostas. Respostas erradas e absurdas, mas respostas, diabos. Durante os dois anos seguintes, vivi em suspenso. Eu mal comia e respirava. Falava baixo e pouco, o sono era leve, vivia em estado de vigília. Acreditava que era bom demais para ser verdade e que qualquer movimento brusco espantaria o Eduardo e toda aquela felicidade.

Mas mudar de armas e bagagens para cá foi também uma indulgência, a resposta honesta à honesta pergunta "o que faria você feliz?". Pois essa casa me faz feliz. Esses cães. Andar até a padaria toda manhã. Dar aulas de pintura para adolescentes funguentos. Chegar em casa e ver que Seu Lurdiano deixou bolo para mim, daqueles que levam as cascas da laranja e muita manteiga, coberto por um pano de prato.

O engraçado é que, quase quinze anos depois, ele me disse que uma das coisas que mais o incomodaram na nossa relação é que eu era cuidadosa demais. Que eu parecia andar nas pontas dos pés o tempo todo e que isso era aflitivo. A vida é um teatro estranho. Ele não gostava o suficiente de mim. E, por isso, acabou. A frase da minha vida poderia ser – e é – "bom, mas não o suficiente".

As galerias gostam do que pinto, mas não o suficiente para expor meus quadros, os agentes se encantam com meu estilo, mas não o suficiente para me representar e negociar meus trabalhos, os editores dos jornais e revistas gostam das minhas resenhas e artigos sobre história da arte, mas não o suficiente para me contratar para colunas pagas, minha melhor amiga gosta muito de mim, mas não o suficiente para me chamar para madrinha do filho dela. E sobre não ser bela, nem inteligente, nem bem-sucedida, nem "engraçadinha" o suficiente, na tabela de valores dos meus pais, não vamos nem falar. Primeiro, porque não vale a pena, e segundo, porque minha terapeuta proibiu. Falávamos do quê? Ah, do Eduardo.

Eduardo deixou um bilhete na geladeira e foi embora. Ele pedia para eu não ligar para ele. Mas mulher é mulher e eu liguei, claro, desesperada e banhada em lágrimas. Ele repetiu exatamente o que estava no bilhete: "Eu gosto de você, mas não o suficiente." Casamento, filhos, monograma bordado em guardanapos e conta conjunta, era a isso que ele se referia, antes que você pergunte. Então, acabou. Eu me senti péssima, durante meses. E pior. E depois, pior. Depois de algum tempo comecei a me sentir mais leve. Mais viva. Daí, me dei conta de que só estava me enganando e piorei tudo de novo. Quase um ano depois de perder o amor da minha vida (eu ainda acredito nisso piamente, então não ria), desencanei. Não, eu não parei de sofrer, entenda, eu desencanei, é diferente. Foi mais um passo na dor. Saí duma abstinência absoluta, em atos e pensamentos, para a mais enlouquecida promiscuidade.

Outro enorme atrativo de morar aqui, pelo menos num primeiro momento, foi a possibilidade de horrorizar a Mãe com uma vida sem glamour, sem happenings, sem grandes galas. Inegável. Sílvia, a primeira pessoa que conheci aqui e minha amiga desde então, balança a cabeça quando digo isso, e diz que eu estou velha para esse tipo de picuinha. Penso nisso sempre e me pergunto se alguém, em algum lugar, é ou foi saudável o suficiente para ter virado um adulto que realmente superou, não apenas sua infância, mas todo seu passado. E depois lamento profundamente porque provocar a Mãe perdeu a graça.

Pelos anos seguintes, encarei um modus operandi que funcionava assim: se assobiasse pra mim, eu levava para casa. Homens casados, homens cruéis, homens com problemas – financeiros, legais, emocionais e familiares –, homens irresponsáveis dos mais variados matizes, homens infantis,ególatras, desempregados, alcoólatras, banidos – sinceramente, eu não estava nem aí. Numa primeira fase, virei especialista em homens que sentem prazer em humilhar suas companhias femininas em público. Uma amiga dessa época dizia que não saía mais comigo, porque, perto de mim, tinha sempre um homem fazendo escândalo em público. Ela tinha razão.

Enquanto luto com o arame e com esse maldito alicate que me escapa das mãos, falo sozinha; não sempre, não tudo o que penso, mas de vez em quando escapa uma palavra, uma pergunta em voz alta. Fico vermelha e quero morrer de vergonha, mas Seu Lurdiano finge que não escuta, Deus o abençoe.

Havia sempre um homem berrando comigo em filas de restaurantes, cinemas e exposições. Homens aos brados, perante testemunhas, lavavam a roupa suja do nosso relacionamento e me chamavam de burra, de vaca e de imbecil. E eu aceitava aquela humilhação, entende? Eu me sentia purificada, limpa, com ela. A fase dos humilhadores durou exatos dezoito meses e acabou em José Roberto, um investidor da bolsa, alcoólatra e sádico nas horas vagas, que só ficava de pau duro com, digamos, preliminares violentas. E eu nem estou falando dos tais "tapinhas" sobre os quais as moçoilas em flor costumam fantasiar (fantasias que geralmente acabam quando levam o primeiro tapa de verdade). Estou falando de porradaria grossa, espelhos quebrados com a minha cabeça, hematomas, radiografias, pontos e dentes em caquinhos.

Cortei a palma da mão num arame. Foi fundo. Mas fiquei hipnotizada olhando o sangue pingar na terra escura, até Seu Lurdiano me dar uma sacudida no ombro e perguntar se não era bom lavar. Sou bem lerda quando se trata de socorrer a mim mesma.

Na última surra, fui tratada num pronto-socorro, onde havia mais seis moças espancadas por seus companheiros e eu pude ver minha miséria refletida nelas. Entendi que os médicos e enfermeiros que nos tratavam ali não viam diferença entre nós, eu fazia parte daquele grupo de mulheres espancadas e isso me chocou. Saí do PS curada da minha vontade de tomar porrada.

Vivo me perguntando se todo o trabalho com essa casa velha e esse terreno enorme vale a pena. Mas daí alguma coisa acontece, alguma crise terrível pede minha atenção, canos que explodem, cães que fogem, gatos que voltam detonados das madrugadas, reboco que cai, pia que alaga a cozinha e eu esqueço das minhas divagações filosóficas.

Outras fases vieram, a dos homens que me roubavam, a dos bêbados que precisavam de uma enfermeira, a dos bebezões carentes, a dos homens que buscavam uma causa. Todos destrutivos. Todos muito atraentes para mim. Do mesmo jeito que esse padrão de comportamento veio, ele se foi, alguns anos depois. Homens assim são um vício tão cruel quanto álcool, comida ou pó. Mas aos 31 anos, após várias tentativas de abandonar o vício, consegui. Um pouco tarde demais.

Os canis ficaram prontos, devidamente telados. Os cães, presos, ali atrás, cada um no seu cubículo, fazendo barulho e abanando o rabo para mim, parecem felizes. Estou suada, cheia de cortes, com dois hematomas, um em cada dedão – o martelo aqui de casa tem vida própria – e descabelada. Agora vou tomar banho, alimentar gatos e cachorros e ser alimentada pelo Seu Lurdiano, que me prometeu bolo de carne. Mais tarde vou pintar. Tenho 44 anos e sei que isso não é felicidade. Mas sei também que não deixa de ser.

Azeite

Raramente meus pesadelos me deixam dormir uma noite inteira. Ando pela casa, como, pinto ou vejo programas inacreditáveis na TV. Geralmente, eu pinto. Quando mais nada faz sentido, a tela ainda faz. Pinto o que vejo, o que, quando fecho os olhos, está lá. Rostos antigos, lugares. Não faço um abstrato, sei lá, acho que desde a faculdade. Um abstrato exige uma dose muito alta de sentimentos despejados, expostos, pelo menos para mim. E despejar sentimentos não é coisa que eu faça impunemente. Assim, pinto retratos e paisagens, coisas que passam pelo meu filtro racional. Bem, pelo menos eu gosto de acreditar nisso, mesmo que sentir me faça falta às vezes. A madrugada vira manhã e eu vou cuidar da casa, dos cães.

Com quase 30 anos, vivi com um homem chamado Otávio. Era minha fase de alcoólatras e Otávio era um bebedor de gim. Ele foi o pai que eu procurava e o filho que eu nem sabia que queria. Ele ria sozinho vendo o jornal na TV e era bom pra mim. Ele bebia até o limiar do coma alcoólico e as ressacas vinham. Aí ele era mau pra mim. Ele me batia, batia na gata que eu tinha na época, a Sofia, quebrava tudo dentro do apartamento. Eu gostava, devia gostar, porque ficava.

De volta à cozinha, a gata amarela quer leite. E, mesmo sabendo que não devo, dou. Ela bebe de olhos fechados e se deita embaixo da mesa da cozinha, o mesmo lugar para onde eu queria ir agora. Mas tenho que sair e fazer compras, a gata bebeu meu último leite, não tenho mais detergente, nem papel higiênico. O gatinho mezzo-siamês quer colo, mas ele vai ter que esperar.

Quando eu saía da cama, sem um pingo de sono, às três e tanto da manhã, Otávio ia atrás de mim. Vestia uma camisa verde, listrada, e ia me ver pintar. E então eu não sentia medo dele. Nem de mim. Ele se sentava numa poltrona da sala e ficávamos em silêncio, ele fumando, eu pintando. Eu não conseguia dormir e ele ia me fazer companhia, simples assim, mesmo tendo que acordar cedo pra ir trabalhar, mesmo que poucas horas antes ele tivesse quebrado espelhos e vasos, quase me matando de pavor.

Eu me xingo enquanto vou para o carro, deixar a despensa vazia em janeiro é de uma imprudência amadora, imperdoável. Janeiro é a temporada dos turistas, todos os supermercados estão lotados deles, não há lugar para estacionar, a vida fica impraticável. Quase cinco anos aqui e eu já sou uma nativa resmungona.

Quando ele quis ir embora, não devolvi sua camisa de mangas compridas, listrada de verde e branco. Empacotei suas caixas de charuto, seus CDs e seus livros. Embalei suas esculturas, suas fotos e guardei suas roupas em malas. Deixei tudo lá no apartamento para que ele fosse buscar, como combinamos, num horário em que eu não estivesse. Voltei da rua, mais tarde do que disse que voltaria, encontrei vazio o canto da sala onde deixei suas coisas. E, em cima da mesa, um bilhete com sua letra magrinha e regular agradecia, distante e formalmente, minha gentileza e meus cuidados na arrumação das suas coisas. Eu o roubei e ele ainda me agradeceu. Era a camisa preferida dele. Estranho que ele não tenha dado falta dela, muito estranho.

O calor estava infernal. Resmungando de saudades do inverno, paro o carro a 300 metros do maldito supermercado. Eu estava de chinelo de dedo, vestido-de-lavar-quintal, blusa de lã e nariz descascado, com muitos quilos a mais e com maquiagem de menos. Peguei um carrinho que rangia – meus carrinhos sempre são os mais barulhentos – e fui, mentalmente, diminuindo minha lista de compras, porque eu não ia carregar metade do mundo até o carro. No corredor dos doces, quase trombei com um cara alto, meio careca. Otávio. Parado, a poucos metros de mim, com uma lista na mão. Otávio.

Roubei sua camisa de mangas compridas, listrada de verde e branco, por suas qualidades mágicas, Otávio. Ela me fazia mais sábia, mais forte e mais corajosa. A impressão que eu tinha é que, dentro dela, trabalhando de madrugada, as cores perdiam seus tantos mistérios, as formas faziam sentido e o mundo, ah, o mundo entendia o que eu pretendia dizer. Usei aquela camisa para trabalhar durante anos, e ela, com seus botões transparentes e seus punhos molengas, permitia que eu me tornasse o que eu queria ser. Eu ficava ali, pintando paisagens perdidas em telas vagas, bebendo um espumante vagabundo e rezando para que as idéias fizessem sentido, num apartamento escuro que já havia sido nosso.

Dei a meia-volta mais silenciosa de que fui capaz. Ele estava um Deus, bronzeado, impecável, sorridente, com uma moça dependurada no braço que não podia ter mais de 25 anos e nem mais de 50 quilos. Era ele, invadindo meu território, minha vizinhança, minha vida, e com um carrinho de compras cheio de garrafas de bebida. Escondi minha lamentável figura atrás da gôndola dos azeites e ele não me viu. Se viu, não me reconheceu.

Mozarela

E-mail do Fábio: "Alma, para matar as saudades deste porto tropical, desta democracia morena, almoço em churrascaria brasileira, bebo várias caipirinhas legítimas e assisto o Ferroviário dar um calor no Bragantino. Amor, F.S."

Uma semana depois do Otávio ter ido embora, descobri que estava grávida de seis semanas. Grávida. Subempregada, pobre, alcoólatra, infeliz, solteira e grávida. O obstetra me olhou por cima dos óculos para anunciar que ninguém que bebia tanto poderia ter um bebê saudável. Meses depois, provei que ele estava errado.

— Você escapou por um triz — ele me disse, ainda na sala de parto.

— Essa é a história da minha vida — respondi.

Tenho um novo cãozinho ("Mais um, Alma?", e eu pude ouvir a testa da Mãe franzindo pelo telefone) que quer colo e atenção o dia todo, mas eu tenho que sair. Um mundo de coisas espera minhas decisões, tudo é para ontem, tudo é inadiável.

Quando minha filha nasceu, eu não gostava dela. Eu tinha 32 anos e não gostava de ninguém. Ela era feia e enrugada e chorava. Deus, como ela chorava. Eu não sabia o que fazer com ela nem como fazê-la parar de chorar. Eu não sabia como amá-la. Eu não a queria no meu colo.

Fila na padaria. A que ponto chegamos. Fila e farta distribuição de senhas na padoca, pior que repartição pública e eu só quero umas fatias de queijo. Se a padaria está assim, nem quero pensar no que enfrentarei no cartório.

Antes de ser mãe, achava incrivelmente tocantes as narrativas em que mulheres comuns transformavam-se em supermulheres com a maternidade, que as fazia "completas", "capazes", "seguras". Gostava de ouvir como a maternidade as havia feito ver o mundo de forma diferente, descobrir novas habilidades, desenvolver seus talentos. Assim, apesar de fodida, atravessei aqueles meses de gravidez cheia de fé, acreditando ter encontrado um caminho, uma cura, uma redenção.

Bato o recorde mundial, ninguém ouviu tantos "um minutinho, o gerente já vem falar com você" quanto eu. Preciso fechar essa conta, senhor Gerente.

Mas ele não pode fazer nada e suspira "ah, a burocracia". Ele vai avaliar meu caso com carinho e entrará em contato comigo em dez dias.

Talvez quinze. Bato o recorde mundial, ninguém teve tantos "casos estudados com carinho" quanto eu. Novos bancos, novos alvarás, escritórios de advogados, muitos, muitos. Trânsito. Trânsito? Como é que uma cidade tão pequena pode ser tão grande?

Depois de ter sido mãe, passei a considerar estas narrativas de "como ser mãe me transformou num ser superior" uma filha-da-putice incrível. Durante os primeiros meses da vida da minha filha me senti um embuste, pois nada havia mudado dentro de mim, pelo menos não para melhor. Eu estava mais insegura, mais incapaz, mais desequilibrada e mais atrapalhada do que jamais fora. Não tinha certezas nem parciais, eu não sabia o que fazer, e meu humor variava entre o pavor absoluto e a irritação assassina.

O moço do balcão dos frios sorriu para mim, e era exatamente disso que eu precisava.

Poucos meses de visitas ao consultório pediátrico me fizeram enxergar a realidade: estávamos todas perdidas, menos, evidentemente, as que sinceramente acreditavam na própria mentira. E, cá entre nós, nunca conheci crianças tão mal-educadas e insuportáveis quanto os filhos destas "especialistas" das crianças.

A lista de tarefas ficou em casa, obviamente. Ando pra lá e pra cá pela cidade, pingando dum lugar para o outro, esquecendo o que fui fazer ali.

Ainda sou capaz de fechar meus olhos e lembrar da sensação da cabeça da minha filha encostada no meu queixo enquanto ela via desenhos animados no meu colo. Seus cabelos eram macios e vermelhos, ela ria e falava com os personagens da TV e eu só conseguia pensar: "Meu Deus, ela é minha e eu não sei o que fazer."

Entre a encomenda dos novos pincéis e a compra de um novo tênis, consegui perder meus óculos e agora tateio na farmácia atrás do meu xampu. Quando foi exatamente que me tornei esse clichê "a velha-maluca-dos-cachorros" é que eu queria saber.

Claro que as preocupações metafísicas não aconteciam o tempo todo. A maioria dos dias era ocupada com pijamas que perdiam os botões, lancheiras dentro das quais o suco de uva inundava o sanduíche, febres inconsistentes, brotoejas intermitentes, manhas infernais na hora de dormir, sair do banho ou vestir a camiseta limpa, berros histéricos de "eu quero um cachorrinho" dentro do shopping e "aflições" incompreensíveis que me levavam à loucura, como não beber água no copo amarelo, não comer se o leite tivesse sido posto antes que o cereal na tigela, não vestir as meias cor-de-rosa ou não pisar na risca. Ela agitava as mãos e dizia:
– Isso é tão aflitivo, mamãe.

Nada me preparou para a meia-idade, assim como nada me preparou para a velhice. Mas quem é que está preparado para alguma coisa nessa vida? Se você respondeu "eu", eu odeio você.

Os dias também eram ocupados com momentos de ternura nunca dantes navegados, bracinhos magrelos enrolados no meu pescoço e sussurros de "eu te amo", à procura de ovos pelo apartamento (o coelhinho deixava muitas pegadas), o livro do aviãozinho vermelho na hora da soneca, um dente novo que surgia, os castelos na areia, a alegria de encontrar o Wally no desenho e as perguntas que começavam com "quando eu crescer".

Volto podre para casa, a fila do cartório pior do que a da padaria, como previsto, a fila do correio pior do que as duas juntas, eu não fui feita para o lado prático da vida.

Enfim, eu não me sentia "completa", "capaz" e "segura" sendo uma mãe, mas eu me diverti – mesmo os momentos irritantes agora me parecem deliciosos.

Voltar para casa é tão bom que até amanhã de manhã vou me permitir esquecer da torneira pingando, da mulher da galeria nos meus calcanhares por causa de um prazo, das coisas que esqueci de fazer e de mim.

Minha jornada era mais dura do que a de outras mulheres porque eu equilibrava, ou tentava equilibrar, brotoejas e cachorrinhos de pelúcia e meu trabalho de professora de arte freelance e artista plástica bissexta com a birita. Ah, sim, eu ainda bebia naquele tempo.

Ouvi a mesma música do mesmo CD do Chico Buarque 3 mil vezes, lambi o caramelo das costas da colher, joguei brinquedos para a gata laranja ir buscar, jantei com os cães, comi bolo de amêndoas, dancei com o cachorrinho bebê. Porque sim.

Chocolate

Eu teria sido boa para você. Você teria sido feliz. Teríamos rido, cantado músicas bobas até de madrugada, comido morangos na banheira aos domingos. Eu teria sido muito boa para você, teria mentido ao telefone se você pedisse. Teria segurado sua cabeça durante as enxaquecas e teria lido seus textos idiotas. Eu teria gostado dos seus textos idiotas, das suas teorias babacas – e, se você tivesse querido ficar, elas não seriam tão babacas assim. Eu lhe teria avisado que a hora de cortar o cabelo já passou.

E-mail do Cláudio: "Comer a gordura da picanha, fumar o cigarrinho do capeta, trepar com estranhos e conhecidos, telefonar para afetos e desafetos declarando verdades outrora inconfessáveis, raspar a cabeça e adorar o Grande Abóbora, gastar o aluguel em bolinhas de chocolate belga, sei lá. Às vezes a Terceira Guerra Mundial é declarada dentro da sua cabeça e você tem direito de enfiar o pé na jaca antes de ser pulverizado por uma nuvem radioativa de neuroses e dores. É isso aí, Dona Alma. Beijos, C."

Eu teria segurado sua mão e acreditado. Ah, eu teria acreditado, querido, a cada momento. Eu teria sobrevivido, você sabe. Teria esperado por você, com sopa quente. Eu teria comprado só vegetais orgânicos e teria aturado seu discursinho chato sobre os malefícios dos agrotóxicos. Eu teria xerocado seus artigos e mantido seus arquivos na mais perfeita ordem. Eu lhe teria dado uma vida nossa. E eu teria examinado nossa vida com uma lupa e tirado dela todos os fiapos, mesmo os imaginários. Eu teria sido boa para você.

Carta da Biuccia: "Ele me fazia chorar, mesmo quando dizia que me amava."

Eu teria sentido medo, mas você nunca saberia. Eu teria olhado para você com olhos brilhantes. Teria lido Quintana para você em voz alta. Teria ido comprar remédio para a sua ressaca. Eu teria sido muito boa para você.

Madrugada, muito longe do meu mundo, assisti numa fita velha e de péssima definição a *Esse estranho que nós amamos*. Durante a Guerra Civil Americana, o Clint Eastwood é um soldado que é acolhido num colégio feminino, e escondido por algumas professoras e algumas alunas que ainda sobraram lá. Quando ele ameaça a harmonia do grupo, ou melhor, não a harmonia, a dinâmica meio doente do grupo, elas o matam. A psicóloga e antropóloga que assistiu comigo me disse que funciona assim: se um elemento que exerce atração, mas traz algum tipo de discórdia entra num grupo só de homens, hipotética, figurativa ou literalmente, os homens vão se anulando, seja lá como for, até sobrar só um, que fica com o elemento para ele. Se isso acontece num grupo só de mulheres, elas se unem, mesmo que se odeiem, e anulam, seja lá como for, o invasor. Passei boa parte da noite de olhos abertos na cama, pensando nisso.

Teria gravado seus programas favoritos e teria ido buscar filmes na locadora. Teria escrito poesia para você. Teria tocado seu rosto, enquanto você chorava. Eu teria estado lá.

E-mail para a Marlene: "Marlene, respondendo à sua pergunta de como eu lido com a bagunça e os buracos negros que somem com as coisas de dentro de casa, vai aí um momento terapia: meu amor, na minha casa não tem buraco negro. Cresci com a Mãe que era – e é – a rainha do buraco negro, a comandante-em-chefe das sacolas misteriosas, a primeira-ministra das gavetas cheias de lixo. E o Pai reclamava, ficava puto. Não que ele fosse o rei da arrumação de interiores, porque ele não era. Ele era um desorganizado ensandecido. Nisto, também, eles eram iguais. Mas ele reclamava mais e tinha a voz mais grossa. E eu virei a deusa da arrumação, a sacerdotisa do aspirador portátil. Na minha casa não tem murundum, quizumba, pacotinho misterioso, caixa de papelão surpresa. Psicoticamente arrumo, lustro, varro. Neuroticamente espano, etiqueto, classifico e separo. A triste verdade, Marlô, é que eu ainda me esforço para o Pai me amar. Beijos freudianos, Alma."

Eu teria mandado seu carro para lavar toda semana, e teria ouvido você contando seus pesadelos no meio da noite. Eu teria lembrado de ligar para a sua mãe e dizer que você estava bem, e só não ligava porque tinha trabalho, muito trabalho. Eu teria tido filhos, se você pedisse. E não os teria tido, se você pedisse. Você teria me levado à loucura e eu teria sido boa para você.

E-mail da Rose: "Fui almoçar com meu ex-marido, mesmo ele tendo me batido e me traído, roubado minhas coisas e meus clientes. Sabe, eram os anos 70. Deixei pra lá e perdoei. R."

Eu teria encomendado pizzas e corrido atrás de um contador para o imposto de renda. Teria comprado azeite espanhol, não italiano, e teria feito salada e lasanha e pudim de leite. Eu teria deixado o canhoto do seu talão de cheques sempre atualizado e teria ido comprar suas roupas. Eu teria rido das suas piadas. Eu teria guardado meu melhor sorriso para você e teria mantido seus sapatos arrumados.

O final dos anos 70 nos encontrou, Viola e eu, apaixonadas pelo Fábio Júnior, não perdendo um capítulo de *Pai herói* e nem de *Dancing days*. Quando tocava *Young Hearts Run Free*, a gente cantava junto, sem nem saber o quê. Matávamos todas as aulas de ciências, já completamente distantes da razão, queríamos algo sem definição, sem nome. Viola morreu querendo isso. Eu procuro isso até hoje, como se uma quarentona gorda e grisalha pudesse ser confundida pelo destino com uma adolescente boboca. Meus nós continuam cegos. Isso não deveria mais me surpreender.

Eu teria olhado para o outro lado. Teria enchido sua caixa postal de recadinhos de amor. Teria controlado seu nível de glicose. Eu teria aturado seus amigos imbecis que falam alto, e você teria acreditado que eu gostava deles. Eu teria sido boa para você. Eu teria telefonado para sua irmã no aniversário dela. Teria ensinado a empregada a passar suas camisas. Teria mandado pintar a sala de amarelo. Teria colecionado selos para você. E teria comprado umidificador para os seus charutos.

Às vezes faz falta uma companhia. Ou a fantasia de uma companhia, pelo que vejo das minhas amigas casadas. O que dá no mesmo.

Eu teria sido boa para você a cada passo, a cada espanto, a cada certeza. Teria ido às festas chatas com você, quando você brincava de ser um homem de negócios e teria ido às festas chatas com você, quando você brincava de ser um "cara cabeça".

E-mail recebido da Rose, agora de manhã: "Escrever às vezes faz a gente se sentir dentro dum avião que está para cair, Alma. Então, temos que jogar fora toda a bagagem extra. Dói e é horrível, mas é assim que é. Se você não puder carregar o vento e o mar, você vai ter que largar um deles. É todo um processo de horrores. Você pensou que ia se livrar disso tão fácil? Rose."

Vi um monte de fotos, você continua lindo, mudado, mas lindo. Quando você olha para a lente, as pessoas em volta somem, a câmera fotografa só você. Mas é claro que você sabe disso, você sempre soube. E você não foi, nem nunca será, o que deveria ter sido, porque sempre soube que estava destinado à grandeza. E daí, nunca tentou de verdade. Você achou que as coisas viriam até você, não achou, querido?

Hoje o dia acordou lindo. Com aquele sol gelado, com promessas. Eu também acordei assim. *Blue*, mas com alguns raios ensolarados me iluminando. E com uma vontade danada de escrever. Para os amigos, para quem eu não vejo faz tempo, para quem eu nem conheço. Escrever que não está tudo bem, mas espero que fique. Escrever sem esperar respostas. Porque sei que elas não virão.

Eu? Eu não, foi outra a história do meu desmonte. Mas eu teria sido tão boa para você, que, de alguma forma, teria sido boa para mim também, eu acho. Teria sido eu a lhe explicar que você não é mais um menino e, em mim, você teria acreditado. Eu teria sido boa para você, muito boa. Você teria me odiado e eu teria sido boa para você.

Claras em neve

E-mail da F.: "Eu não devo ter mais que cinco ou seis anos de vida. Mas quem é que está contando? F."

A última vez que vi o Pai foi na UTI. Ele respirava por uma máquina, mas estava consciente e eu ia todos os dias ao hospital ler para ele. O Pai olhava para mim com grandes olhos cinzentos e parecia aliviado quando eu parava de falar.

A primeira coisa que faço quando acordo é ligar o rádio. A voz do locutor e as músicas se derramam por dentro das gavetas vazias, das listas de compras, das contas a serem pagas, da tinta que seca do pincel.

Quando eu era bem pequena, ele me perguntava: "Você não se cansa do som da sua voz?"

Carta perdida: "E quando eu ainda amava M. (e nem faz tanto tempo assim), fiz uma fita pra ele no gravador mágico do meu irmão, que tinha um recurso que permitia gravar por cima da gravação anterior sem apagá-la. Assim, gravei a mim mesma cantando *Cantoras do rádio*, muitas e muitas vezes, fazendo a segunda, terceira e quarta voz. Gravei mais um monte de músicas, tudo a capela, li poesias. Tão tontinha, tão ingênua, tão burra. Imperdoavelmente burra. Eu não tinha mais idade para ser tão idiota, muito menos ele, mas fomos idiotas juntos e foi delicioso. Quer dizer, depois ficou uma merda, mas antes, antes, antes, foi delicioso."

O dia em que ele saiu de casa, nos chamou para dizer que ele e a Mãe iam viver em casas separadas. Disse que ele iria embora, mas que Viola e eu ficaríamos ali na casa da Vovó, com a Mãe. Chorei e perguntei por que ele ia embora, e ele disse que precisava de silêncio para pensar.

Sinto frio, medo, fome e sono. Não necessariamente nessa ordem.

Durante toda minha vida, em casa ou em público, ele dizia no meu ouvido "fale mais baixinho, querida".

Agora, vivo aqui, assando bolos simples, batendo claras em neve para as omeletes altas que faço e pintando algumas telas até razoáveis, nessa casa comprada com o dinheiro da venda da casa dele. Vivo imperceptivelmente, em silêncio, como ele sempre desejou que eu vivesse.

Mas talvez isso não tenha sido exatamente assim, talvez eu esteja errada e ele tenha me amado quando eu era uma menina de tranças, gorducha e barulhenta.

Uma vida feita de pequenas omissões e minúsculos assassinatos. A vida que sei viver.

Suflê

Eu choro às vezes. Quer dizer, eu choro sempre, acho que eu choro todos os dias. Mas de quando em vez eu choro assim, como hoje.

Separados, meus pais começaram vidas novas.

Eu choro, simplesmente.

O Pai abriu um escritório. Nunca mais se casou, nunca saiu dos anos 60, cortava o cabelo a cada ano e meio, usava batas e chinelas e tinha uma gravata só, chamada pomposamente de "a gravata de ir ao Fórum", toda manchada e babada. Continuou sem comer carne, meditando e se drogando com qualquer coisa que aparecesse, de maconha maranhense a ácido de bateria. O Pai se deu bem como advogado. Aquele jeitão de bicho-grilo cativava, a outra parte confiava que ele era meio bocó, ele ia lá e pimba, causa ganha.

Choro de ficar com a boca quadrada, choro de sacudir o corpo, de abraçar os gatos com força e de matar o cachorro branco de angústia. Ele lambe meu rosto e chora baixinho e se assusta com os soluços. Choro porque é dor demais, é raiva demais. Amor demais.

Entre fazer o caminho de Santiago de Compostela ou virar Monja Trapista, a Mãe ensaiou uma volta à faculdade. A única crente nesse teatrinho que ela armou foi Dona Greta, mãe amantíssima, que pagou a matrícula do cursinho e tudo.

Choro porque é tudo tão grande e eu sou tão pequena. Porque tudo existe, porque não existe nada lá fora, nada, nada. Choro por medo, porque tenho muita coragem. Tenho tanta coragem, todos os dias.

Depois de freqüentar três semanas de aulas, a Mãe arrumou um emprego como recepcionista de um dentista.

Eu choro, sabe? Eu choro porque a dor não me deixa respirar e mesmo assim eu respiro fundo e solto o ar em oito tempos, como nos exercícios da aula de canto, enquanto bato claras em neve e meço a quantidade de leite para o suflê, enquanto ralo o queijo ou penduro a roupa no varal, enquanto misturo as tintas, enquanto lavo os pincéis.

Menos de três meses depois, cursinho abandonado, a Mãe ficou noiva de Eliano, o dentista e meu futuro padrasto, e deu por encerrada — mais uma vez — sua carreira de estudante.

Meu choro é porque sinto pena de mim. É porque sinto orgulho de mim. Eu choro enquanto penso que, mesmo não sabendo para onde ir, tenho cada passo programado. Eu choro, de quando em vez, porque me comovo e porque não sinto nada. Porque não há nada a fazer. Porque todas as atitudes precisam ser tomadas.

A Mãe não é fácil.

Choro porque sou impotente, porque tudo posso. Eu choro quase sempre, quase o tempo todo, porque o humano que há em mim se atira do parapeito e não há volta. Mas eu volto, todas as vezes. Todos os dias.

Copos-de-leite

Quando Eliano apareceu nas nossas vidas, tivemos uma sensação de segurança nunca dantes navegada, saber que ele estava lá, que ele existia, dava um calorzinho no estômago. Era bom tê-lo por perto.

Eu mal disse "alô" e a Mãe me avisou que Eliano havia morrido. O pragmatismo, ah, o pragmatismo. Eu disse que ia fechar a casa e subir para São Paulo de manhã bem cedinho, que nos veríamos em poucas horas. Mas não pude desligar o telefone e ir chorar no chuveiro. Ela me segurou na linha e me fez descrever todas as roupas boas que tenho. Além disso, me fez prometer que iria de salto médio, com meu vestido preto e bem maquiada.

– Mulheres sem maquiagem em velórios e bares – ela disse antes de desligarmos – cheiram a decadência e a desespero. Não é nosso caso – quando eu disse "Eu te amo", a linha já tinha caído.

Eliano cumpria seu papel de namorado-que-gosta-de-criança e tirava moedas de nossos ouvidos, dava balas proibidas, ouvia histórias idiotas – ele estava empenhado.

São Paulo. Eu não senti saudade nenhuma. Taxista palmeirense. O papo do cara era qualquer nota.

Quando a Mãe e Eliano começaram a namorar, ele vinha buscá-la na nossa casa toda sexta-feira. Tão tímido, tão inseguro. Dava dó. Ele era bem mais velho que a Mãe, tinha quase 50 anos. Minha avó era cruel e o chamava de solteirão irrecuperável.

O rádio do táxi numa estação evangélica. Eu no banco de trás, sublimando. Profundos pensamentos sobre a morte da bezerra.

Na época do namoro, Eliano se sentava no sofá da sala para esperar a Mãe se arrumar. Viola e eu nos sentávamos ao seu lado, dois bichinhos carentes, bobocas.

Avenida enorme. Nove e tanto da manhã, sol de rachar.

Avenida implacável. Pára aqui, por favor. Tchau, obrigada, bom trabalho, boa sorte, vá com Deus, fique bem, olha o troco, é seu, obrigado, Deus abençoe, tchau.

Calçada irregular. Vitrines. Calor. Eu ali nas vitrines. Pareço tão velha. Pareço alguém sem ilusão nenhuma nesta vida. Mas eu tenho. Elas estão aqui, n'algum lugar, entre as buzinas, o asfalto que derrete e o boteco onde eu entro pra tomar café com leite e comer pão na chapa. Elas estão aqui, as minhas ilusões.

E quando a Mãe se casou com ele, descobrimos que não era um papel. Eliano realmente gostava de nós e gostava de cuidar de nós. Ele desembaraçava nosso cabelo, vibrava com nossas vitórias, pagava aula de violão, levava a classe toda para o teatro aos sábados de manhã, grudava nossos desenhos nas paredes do consultório dele.

Num ataque, entro na floricultura e compro um buquê de copos-de-leite. Copos-de-leite. Eu me sinto tão rica e sofisticada assim que saio da floricultura. Claro que a sofisticação só dura meio quarteirão. E, daí, começo a me perguntar que diabos eu estou fazendo com aquele trambolho no colo num dia de tantas dores para resolver na rua. Chá-de-cadeira. Café de máquina. O calor é um soco na cara. Todas as avenidas são implacáveis. Todas as buzinas me assustam.

A Mãe não estava em casa num 13 de setembro, então foi com Eliano que eu falei quando vi o sangue na minha calcinha. Eu tinha 14 anos e era uma completa debilóide, comecei a chorar, achei que ia morrer. Ele me acalmou e me ensinou a me virar com os absorventes da Mãe. Depois esperou do lado de fora da porta do banheiro enquanto eu lutava com o equipamento e quando tudo terminou e eu saí dali menos assustada, ele me deixou beber uma taça de vinho com água e açúcar. Ele comemorou, disse que eu era uma mulher e que uma vida maravilhosa me esperava.

Eu mal ouço meus pensamentos. A cidade também não. Ela não me escuta. Ela não me dá colo. Ela não me ampara. Ela me pune com o calor, com motoristas de táxi irritadiços. E com um pouco de dor. Lá pelo quarto ou quinto táxi, esqueço minhas flores. Meus copos-de-leite. E me arrasto sem sofisticação para dentro do prédio, sem flores de despedida. E sem nenhuma ilusão.

Salmão

Durante 30 anos, até o ano em que ele morreu, eu ganhei um buquê de rosas vermelhas, todo 13 de setembro. Sóbria ou não, feliz, infeliz, com ou sem emprego, morando em qualquer lugar que fosse, dia 13 de setembro, meu padrasto, meu amigo, meu querido, mandava um buquê de flores e comemorava "nosso aniversário". Espero que algum dia alguém tenha sido tão bom para Eliano como ele foi para mim. Espero, algum dia, fazer a diferença na vida de alguém, como ele fez na minha.

O velório e o enterro de Eliano correm bem, se é que se pode dizer uma coisa dessas sem ser fulminado por um raio. Saindo do cemitério a Mãe me chama para jantar.

Comida japonesa, blé. Entendo que comam pela saúde, pela moda, pelas calorias. Mas não venham me dizer que gostam daquele arroz gelado e grudento embrulhado numa alga com pepino, ou daqueles peixinhos crus e cretinos mergulhados num pavoroso molho preto. Enguia assada. Ouriço. Pelo amor de Deus, ouriço cru! E aquele guardanapinho cozido. Palhaçada tem limites.

O jantar acontece com a costumeira contagem de calorias e santa inquisição em geral:
– Alma, querida, você não prefere substituir seus sushis e camarões empanados por esse sashimi de salmão?
– Não.
– Tem pintado?
– Tenho.
– Tem bebido?
– Não.
– E, pelo que vejo, não parou com o cigarro.
– Não.
– Seu funcionário vai cuidar da casa para você?
– Ele é meu amigo, não meu empregado.
– Humph.
– Humph.

Parte de meu mau humor vem, é lógico, da inveja. Estar frente a frente com a Mãe é saber de coisas que nunca fui, nunca serei. Ela vive cada dia sem surpresas, poupada e poupando-se das grandes dores, pagando o telefone, fazendo depilação na chilena sexta sim, sexta não, comprando colchas de cores fortes, bebendo outra taça de vinho. E cada gesto, cada página navegada pela internet, cada suspiro, tudo, tem tanto significado, tanto sentido, tanta importância, tanta.

Invejo sua agenda estufada, sua força, seu cabelo impecável, sua água com gás, seus sapatos de couro creme e bicos finos. Invejo sua relevância.

No final do jantar ela colocou no meu colo o motivo do encontro. Um baú de madeira escura e trabalhada.
— Eliano guardava as suas coisas. Na verdade, as coisas de vocês três. Aqui estão as suas.

E-mail da Carina: "Os humanos modernos organizaram-se em grupos, aperfeiçoaram e redistribuíram o trabalho, estabeleceram limites e prioridades, fixaram papéis, inventaram rótulos, adequaram critérios e geraram teorias, comportamentos e expectativas. Assim puderam gastar tempo, energia e recursos com coisas que não eram fundamentais para sua subsistência. Tendeu? Beijinhos, Cá."

Desenhos de casinhas e flores, sapatinhos de quando eu era bebê, que Eliano deve ter roubado da casa da minha avó, boletins velhos, uma língua-de-sogra, partituras dos tempos negros em que tentei aprender clarineta, certificados de vacina, a palma da minha mão impressa num pedaço de argila, fotos minhas no balanço, uma Susie sem cabeça, minha certidão de batismo, um diário azul, trancado, sem chave.

E-mail da Ângela: "Querida, você não me engana. Esse ceticismo todo na verdade é uma religião. Você acha que se não acreditar no mal, ele não vai te pegar."

A Mãe diz que minha atração pelo abismo sempre a assombrou, mas que ela nunca se preocupou comigo. Sempre confiou na minha capacidade de cura e regeneração. Depois nos abraçamos e eu vim para casa.

Mais um cigarro, mais um chocolate, mais uma caneca de café com leite, mais uma unha roída, mais um susto, mais um telefonema. Não, isso nunca vai ter fim.

Quase esqueci meu passado no banco da rodoviária.

Café-da-manhã

O mundo vai acabar. Eu nunca mais falo sobre isso. Quem te viu, quem te vê. Contém flúor. Diz obrigada pra tia. Seu cabelo ficou uma seda. Siga as instruções. Se você não fizer, alguém fará. Ouça a voz da razão. Faça bom proveito. Ela tem cabelos naturalmente encaracolados. Ele é bom no que faz. Só faço isso porque te amo. Caiu como uma luva.

Eu mal me lembro daquele começo de manhã. Sei que ela entrou no meu quarto e me cutucou e tentou me acordar e me chamou, porque era isso que ela fazia todas as manhãs.

Somos apenas bons amigos. Você deu sorte. Eu estou me acostumando aos poucos. Dá licença, por favor. Quebra um galho aqui pra mim? Eu não agüento mais. Não fale comigo nesse tom. Queria que você se lembrasse de tudo como eu me lembro. Tudo que é meu é seu. Foi a melhor idéia que você já teve. Vamos para um lugar mais calmo? Foi um golpe de sorte.

Sei que eu estava de ressaca, resmunguei e não me levantei, sei que a empregada lhe deu café, como todas as manhãs. Sei que ela pegou a lancheira e a mochila e desceu para esperar a perua da escola, como todas as manhãs.

Quando der cria, eu quero um filhote. Eu te disse, eu te disse, eu bem que te disse. Me-ni-na, nem te conto. Sabe com quem você está falando? Olha, eu detesto motel, acho tão impessoal. Medicina é sacerdócio. Eu vi a que horas você chegou. Esse é o X da questão. A massa deve estar adrede preparada. Esse é meu maior medo. Não sei o que seria de mim se não fosse você. Era tudo o que me faltava.

Quando ouvi a porta da frente bater, acordei. E me lembrei do maldito cheque da excursão que eu, evidentemente, não havia feito.

Você é a alma desse projeto. A única coisa que me importa é a sua felicidade. Enriquecido com vitaminas. É para o seu próprio bem. Ele não sofreu. Você é minha vida. Eu nunca traguei. Já doeu, mas agora não dói mais. Ela é sua cara! Você não mudou nada. Eu só quero que você seja feliz. Sorte de principiante. Liga antes, só pra confirmar. Eu tive uma fazenda na África.

Consegui me arrastar para fora da cama e fui até a janela para gritar que ela subisse para pegar a bosta do cheque.

Rolou um sentimento. É um só para cada um. Levantei com o pé esquerdo. A dor passou. Perdi seu telefone. Em você fica ótimo. Minha família em primeiro lugar. Pode dizer, eu não vou ficar chateado. Cadê meu beijo? Pague dois, leve três. Ele é um bom pai, isso a gente não pode negar. Isso é assunto de vocês, eu não me meto. Mas eu não tinha te avisado?

Cheguei à janela a tempo de ver o ônibus desgovernado que subiu na calçada. Eu mal me lembro daquela manhã.

Sua alma, sua palma. Eu te pago assim que o dinheiro sair. Pode deixar solto, eu adoro cachorro. Foi uma perda irreparável. Meu corpo é um templo. Eu sabia que não ia dar certo. Ele tem as orelhas do avô. É uma questão de princípios. Pode esperar sentado. Sua mãe deve estar se revirando no túmulo. Quem poupa tem. Devolvo ainda hoje.

Enterrei minha filha numa quinta-feira ensolarada, ao lado de meus avós e minhas irmãs, o que me deu um certo conforto, mesmo que pareça absurdo. Ao meu lado, a Mãe, amparada por uma prima, dizia a todos que se aproximavam: "Enterrei todas as minhas meninas." O Pai, com seu cabelo de cientista maluco, entrava e saía do meu campo de visão, falando com todos e com ninguém, mexendo muito as mãos.

Compra um pra mim que eu pago na volta. Isso nem me passou pela cabeça. Tenho tudo calculado. Dessa vez é pra valer. Vendi os direitos para o cinema. Ele pegou uma calmaria e assim descobriu o Brasil. Eu te amo tanto que até dói. Foi como se tivessem cortado um pedaço de mim. O mundo judia, mas também ensina. Por essa luz que me ilumina.

Enterrei Fernanda com sua roupa preferida, um macacão azul com um sol bordado no bolso da frente. E os tênis vermelhos.

De onde você tirou isso? Ah, de novo não! Nossa amizade está acima disso. Ficou como nova. Precisamos discutir a relação. Não foi pra isso que eu te criei. Vovô descansou, finalmente. Você é o primeiro. Ah, eu como de tudo. O cabelo é a moldura do rosto.

Se eu fui uma boa mãe? Eu fui a mãe que pude ser, que soube ser, não a que ela merecia, como todas as mães que conheço, quer elas admitam ou não. Não fiz o suficiente. Nunca. Eu poderia tê-la beijocado mais, sido mais paciente, acordado mais cedo, lido mais histórias e brincado mais de casinha. Eu deveria ter sorrido mais e dado mais colo, ao invés de ter as minhas ressacas mal-humoradas todas as manhãs. Era minha obrigação fazer daquela menina uma menina feliz. Era minha obrigação fazer seu mundo mais seguro. E eu falhei.

Vi com meus próprios olhos. A boa luz é vida para seus olhos. Tem, mas acabou. Fumar é prejudicial à saúde. Meu mundo caiu. Bola para o mato que o jogo é de campeonato. Mas ela tem idade pra ser sua filha! Você sabe mais do que pensa. O cliente tem sempre razão. Não quero que te falte nada. As instituições foram desafiadas. A fusão nos fará crescer. Isso tem que acabar aqui.

Suco de uva

Com a grana da venda da casa do Pai, eu comprei esta casa. Ainda sobrou alguma coisa no banco, mas criando esse mundo de cachorro, tendo uma casa deste tamanho para sustentar, eu tinha que trabalhar. Espalhei panfletos de aulas de desenho e pintura pela cidade, botei anúncio na rádio e no jornal e os alunos começaram a pingar.

Uma menina de 12 anos já usa batom? No meu tempo, aos 12, usávamos brilho, nada mais nada menos do que o gloss de hoje em dia. Uma menina de 12 anos iria gostar de mim? Ela gostava de mim aos quatro, aos sete, mas Deus sabe que a idade traz discernimento.

No verão, meus alunos adolescentes somem, são substituídos por mulheres de fora da cidade, que, depois de uma semana no balneário, estão loucas por uma distração, de saco cheio de varrer areia, controlar seus filhos e os dos outros, ferver salsichas, preparar macarrão instantâneo e fingir que acreditam quando os maridos-cigarras ligam para dizer "tenho trabalhado tanto, meu bem".

A Sílvia, do alto da sabedoria de quem tem filhos, disse para não alimentar fantasias e que as meninas de 12 anos, nos tempos que correm, já dão.

Sendo professora em casa, tenho tempo de sobra para pintar. O que é bom. E mau. Pouparei a todos das lamúrias "sou uma pobre artista torturada". Coisa mais século XIX, ninguém agüenta. Mas é isso mesmo, lamento dizer. As pinceladas doem pra burro.

Dão? Aos 12 anos? Aos 12 anos eu mal conseguia pronunciar a palavra "pau", que dirá pegar em um – não que eu sirva de parâmetro para o que quer que seja.

E-mail para a Mi: "Tomei suco de uva com açúcar em vez de adoçante, fiz feijão prum tempão e com tranqueira, chorei um pouco, conversei com a Si e a Fabi no MSN, desfiz uns planos, lavei roupa, daí me olhei no espelho e desisti de ser uma grisalha digna, vou pintar este cabelo e de vermelhão. Também troquei roupa de cama, troquei uma lâmpada, recoloquei na prateleira os livros que os gatos jogaram no chão, já conversei com o cachorro malhado (ele precisa conversar, ele tem todo um mundo pra exteriorizar), não consegui entrar no blog do Soares Silva, comecei a fazer uma canja, fumei uns 15 cigarros, ouvi uma mulher que passava na rua berrando com a filha (Meu Deus, essa mulher não se lembra como é duro ter 15 anos?), lembrei que faltam nove dias pro inverno chegar, sonhei em ir pra Brasília em julho, não escrevi nada que prestasse, arrumei umas tralhas, fiz vitamina de abacate, filosofei, pendurei roupa, olhei as nuvens branquinhas, pendurei uns quadros, me desesperei, mas deixei pra lá, afinal hoje é sexta-feira, eu não me sinto nada baiana, e o Abujamra tem toda a razão desse mundo quando diz que a vida é uma causa perdida. Amor, todo o amor, Alma."

Seja lá como for, perco minhas horas observando as meninas de 12 e 13 anos que encontro. Faço anotações mentais sobre a forma como prendem o cabelo, o vocabulário que usam, as camisetas com dizeres que vestem, a forma como viram os olhos pra cima de tédio e gritam para suas mães: "Táááááá, você já disse!"

Quando o verão acaba, as turistas se vão, levando telas e potes de cerâmica "para mostrar para as amigas", tão infelizes que parece que são elas e não os filhos que vão voltar para a escola.

Sofro duma misericordiosa amnésia, não me lembro de praticamente nada da minha vida abaixo dos 27, 28 anos (é a pura verdade), só coisas muito específicas, muito específicas, não me lembro de como é ter 12 anos. E acho que nunca saberei. Apenas uma constatação.

Sucrilhos

Quando você foi embora, você levou o melhor e o pior que havia em mim. Você levou meu vício e meu riso, minha capacidade de negociação, meu estoque de surpresas, quase tudo em que eu acreditava, meus vasos de flores, as flores do mundo.

É o recurso mais antigo de todos. Tudo nos assusta e imobiliza, o insondável nos habita, o inominável nos cerca, o inexorável nos governa, então que tal inventarmos uma teoria que dê a ilusão de manter o caos afastado, que desvie nosso olhar? Se a teoria puder ser chamada de "ciência", ótimo. Se a teoria puder ser chamada de "religião", "astrologia" ou "terapia holística", tanto melhor.

Quando você foi embora, eu já não tinha fé para perder, entendi qual era o jogo, reparei que não tinha levado o novelo de lã para o labirinto e que era tarde demais.

Assim, explicamos a chuva, a morte, as bordas do mundo. Racionalizamos. Esmiuçamos.

Só quando você foi embora, entendi meus segredos e seus suspiros, minha omissão e sua pressa. Entendi finalmente a ausência que pesa e os copos vazios, mas cheios de ar.

A cada 100, 200 anos, surge um novo gênio que muda os paradigmas. Pode demorar, mas acabamos acreditando nele, no que ele diz e nas coisas que ele prova. Qualquer coisa que nos salve deste espanto, deste susto que é estar vivo, nos atrai.

Quando você foi embora, sua gata Joana também foi. Depois de dias sem comer, ela miou brava para mim e saiu pela janela. Não era a mim que ela queria e você não estava lá.

Tartarugas gigantes carregando o mundo nas costas já fizeram tanto sentido quanto Marte na segunda casa de Saturno. O DNA que faz sentido hoje é o mesmo que causaria riso nos seguidores das teorias dos humores de Galeno. E daqui a mil anos, os cientistas colocarão nosso sangue num microscópio ultra-hiper-uber-moderno, verão do que é feito, acreditarão em suas teorias e rirão das nossas.

Passei meses tocando em suas coisas, dormindo em sua cama, comendo seus sucrilhos, bebendo leite na sua caneca. Pendurei seus desenhos na geladeira depois que você foi embora e amaldiçoei cada dia.

Estamos aturdidos, não negue. Nossos corpos, o Cosmos, a finitude humana, o corpo da vizinha. Tudo nos assombra e assusta e tudo nos é estranho. Faz 5 mil, 10 mil anos que só fazemos nos espantar e arregalar os olhos.

Recolhi seus elásticos de cabelo, depois que você foi embora, dobrei seus pijamas, reli seus livros em voz alta, dei seus primeiros sapatinhos para sua madrinha, doei seus ursinhos e quase acreditei que você ainda estava lá.

E eu não tenho dúvidas de que minha família sobreviveu desde sempre, atravessando terremotos, eras glaciais e surgimento de novas espécies, menos por sua capacidade de adaptação e mais por sua imensa, azeitada e bem desenvolvida competência para racionalizar. Meus ancestrais sobreviveram agarrando-se a qualquer galhinho que detivesse a queda. Talento passado de geração para geração.

Mais de um ano depois de você ter ido embora, encontrei uma senhora no supermercado que não sabia de nada. Ela se lembrava de você ainda bebê. E quando ela me perguntou como você estava, se você estava bem, eu disse que você estava ótima. E enorme. Eu não pude dizer em voz alta. Depois tive uma crise de nervos no setor dos congelados.

A justificativa e a explicação possibilitam que nos afastemos da dor. O interpretacionismo acaba sendo tão alienante quanto qualquer outro mecanismo de defesa. E inventar palavras gigantes pode não resolver, mas ajuda pra cacete.

Demorei anos para parar de dizer que você havia ido embora, para dizer que você havia morrido, mas me pego voltando ao velho hábito. Sou patética e alimento minha dor.

Gema de ovo

E-mail da Ângela: "Toda história, eu dizia isso pro D., tem que responder a algumas perguntas: É quem contra quem? E ela está indo para onde? Até pode ser contra ninguém e a lugar algum, *but*... Beijos, Ângela."

ALEXANDER

$1/2$ cálice de licor de cacau
1 medida de conhaque ou de gim
$1/3$ de medida de creme fresco
$1/2$ cálice de licor de groselha

Coloque tudo na coqueteleira, sacuda bem e sirva.

E-mail do Fabio: "E como fica a questão de ponta de cadarço cujo nome em inglês é *aglet(s)* versus miolo (de pão) que em inglês não tem correspondente? Por que idiomas diferentes se preocupam em dar nome a coisas diferentes? Ou ainda, nomes diferentes p/ mesma coisa como ocorre entre portugueses e brasileiros? Ou ainda nomes de mesma raiz com significados completamente distintos como ocorre muitas vezes entre português e espanhol? É possível explicar arte em palavras? Em que idioma? Elucubrações a zero grau. Abs, FS."

Bloodhound

$1/3$ de medida de gim
1 medida de vermute
1 medida de vermute doce
2 ou 3 morangos bem maduros
Coloque tudo na coqueteleira, sacuda com coragem e sirva.

Gatos. Eles derrubam os livros, mordem as bisnagas de tinta, afiam as unhas nas telas botando a perder trabalhos de meses. Eles me acordam de madrugada miando alto, quebram a louça, batem nos cachorrinhos, eles enchem meu casaco bom de pêlos, fazem xixi no sofá. Eles brincam de luta e assim jogam todos os meus bibelôs no chão. Eles mastigam as capas dos livros, enroscam-se nos fios do computador, caçam meu rosto de madrugada e quase me matam de susto. Gatos.

Bosom Caresser

1 gema de ovo
1 colher de sobremesa de grenadine
$1/3$ de medida de Curaçao
$1/3$ de medida de brandy
$1/3$ de medida de vinho Madeira

Coloque tudo na coqueteleira, sacuda bem e sirva em pequenos cálices com pedacinhos de frutas secas. Beba enquanto pensa no tipo de ressaca que terá, misturando de forma temerária gema de ovo com Curaçao.

Estou curada do meu vício em revistas que dizem que não sou boa, magra, bronzeada, merecedora de amor, tesuda, simpática, ativa, bonita e boa profissional o suficiente. Não escuto mais as vozes que brotam na minha cabeça, cada vez que eu abro uma revista dessas, dizendo que minhas unhas são uma desgraça, que meus exames estão atrasados, que é um absurdo eu nunca ter feito drenagem linfática, *power* ioga, tratamento ortomolecular, talassoterapia, reflexologia, métodos ayurvédicos, RPG, aromaterapia, watsu, que eu preciso praticar corrida quatro vezes por semana, musculação, cinco e alongamento, seis, que eu devo comparecer a todas as festas, reuniões, tertúlias e saraus, sempre com um modelito novo, sempre com um sorriso no rosto e flores nas mãos, que eu preciso cortar os cabelos, ser mais proativa, inserida no contexto, engajada em causas sociais e ler todos os clássicos da literatura mundial. Mas ainda gosto de ver as capas na banca.

BRANDY FIX

1 colher de açúcar
caldo de um limão
$1/2$ medida de cherry brandy
1 medida de conhaque

Coloque tudo na coqueteleira e encha com gelo. Sirva com uma lasca de limão. Beba de olhos fechados.

Suas certezas, suas causas, seu parco latim, seus absolutos, sua ortografia que claudica, seus medos, suas críticas, suas angústias, suas figuras de linguagem, suas citações em grego, suas rimas, suas piadas, suas metáforas pobrinhas, suas autorreferências, suas raivinhas, seus ciúmes, seus vícios secretos, seu orgulho, suas saudades, sua gramática vacilante, seus desafetos, seus amores eternos, sua metalinguagem, suas conjugações, suas palestras, suas notas de rodapé, suas notas do editor, suas referências, seus pequenos plágios, seus segredinhos sujos sobre os quais só sua santa revisora sabe, sua crítica literária, sua análise política, sua inocência, sua arrogância, seus paradoxos, sua bibliografia comparada? Tudo isso vai servir pra forrar a caixa de areia dos meus gatos amanhã.

MARTINI SECO

gim
1 sopro de vermute
1 azeitona
Sacuda-se e sirva.

Bilhete para a Juliana: "Jantei bolachinhas barulhentas borradas de requeijão e tédio, lendo palavras reais ou imaginárias. Não doeu, mas, sei lá, tem tanta coisa que não dói e mesmo assim mata, né, não? Amor, sempre, A."

Sangria

2 laranjas em fatias bem fininhas
suco de 2 limões
2 maçãs cortadas em cubinhos
2 pêssegos cortados em cubinhos
3 fatias de abacaxi cortadas em cubinhos
1 xícara de açúcar
1 lata de soda limonada
200 ml de conhaque ou vodca
1 litro de vinho tinto

Misture o açúcar com as frutas em uma jarra de vidro. Coloque o conhaque, o suco de limão e deixe macerar por 5 minutos. Encha a jarra com o vinho, mexa com uma colher e leve à geladeira por 2 horas. Sirva num copo alto com pedras de gelo. E com um daqueles guarda-chuvinhas cafonas.

E-mail do Gigio: "Meu lanche hoje, sinto dizer, depois de pães de queijo borbulhantes, foi pudim de leite. Sabe aquele? Com a caldinha marrom. Pois então."

East India Cocktail

1 colher de sobremesa de Curaçao
1 colher de sobremesa de xarope de abacaxi
1 colherinha de Angostura *bitters*
$2/3$ de medida de conhaque
Mexa com uma colher e sirva com uma cereja dentro.

E-mail da Lucila: "Oi querida. Até a semana passada eu tinha uma máquina de lavar que pensava que era um helicóptero, fui lá nas Casas Bahia e fiz um carnê (que apesar dessa minha pose, sou pobre e adoro um carnê). Agora tenho uma máquina que pensa que é um criado-mudo, silenciosa de tudo, eu fico lá, igual mãe recém-parida, toda hora vou checar se a bichinha tá funcionando. Dona-de-casa não tem sossego. Beijos, *amore*. Te amo, Lucila."

Night Cap

1 gema
$1/3$ de medida de anisete
$1/3$ de medida de Curaçao
$1/3$ de medida de conhaque

Coloque tudo na coqueteleira, sacuda e sirva em cálices, pedindo a Deus que a ressaca de ovo misturado com Curaçao seja razoável porque você é um caso perdido.

E-mail para a Tela: "Tela, querida. Gosto de mais coisas do que deveria. E de mais gente do que deveria também. Comovida além da conta com tudo, ou quase – barriguinhas de gato, livros surpreendentes, cores várias, filmes (racionalmente eu entendo que havia um mundo antes de inventarem o cinema, mas eu não entendo de verdade), notícias de uma gravidez no cerrado, o ponto certo dos suflês, a chuva que traz cheiro de terra – singro entre pólos emocionais variados. Se dependesse de mim, Telinha minha canoa, eu choraria 24 horas por dia, de ódio e de amor, de dor e de prazer. E isso não é bom, Tela. Bem, pelo menos não é produtivo. Amor, todo, todo meu amor, Alma."

SEX ON THE BEACH

2 doses de vodca
3 doses de suco de laranja
1 dose de licor de pêssego
2 colheres de groselha

Bata na coqueteleira com gelo todos os ingredientes, menos a groselha. Num copo longo, cheio de gelo picado, jogue a groselha e espere ela descer um pouco. Depois, derrame o conteúdo da coqueteleira dentro, e enfeite com aqueles guarda-chuvinhas cafonas que você usou na sangria. Cuidado para não furar o olho.

Recado na caixa postal da Bel: "Bel, socorro, a TV me fala sobre 'conquistas sobrenaturais' e de 'habilitação no mundo espiritual' e questiono minha sanidade, palavra de honra. Você já decidiu se vem pro Natal? Me liga."

La Sangre de La Virgen

1 medida de suco de laranja
3 medidas de vinho tinto gelado
muito gelo picado

Misture tudo e beba. Beba muito. Ao acordar, quando nada fizer sentido e seu corpo detestar você, mentalize para que o Otávio – inventor desse atentado alcoólico – tenha uma crise de soluços. Se tomado ao amanhecer e em jejum, constitui o café-da-manhã dos campeões.

E-mail da Biuccia: "Segundo minha santa mãe, meu maior problema é que eu não me preocupo com o que os outros vão pensar. 'Pode parecer coisa da década de 50, querida, mas não é.' Noutras palavras, já que tenho que ser essa decepção ambulante, não dava pra eu ser alta, magra, chique, sofisticada e namorar uma moça assim também, como as lésbicas da novela? Enfim, enfim, enfim. B."

Suco de Pandora

1 medida de leite de coco
1 medida de suco de laranja
1 medida de groselha
1 medida de leite condensado
3 medidas de vodca
gelo picado

Misture tudo e, enquanto estiver bebendo, saiba que se isso não disseminar calamidade e desgraça, nada mais o fará.

E-mail para o Mauro: "Mauro, mô bem, ontem foi sábado, um sábado bobo, triste, vão, solitário, sem risoto, sem passeio de carro, sem gargalhada nenhuma, um sábado cheio daquele choro que vem da barriga, e liga a Helga tão meiguinha, tão querida. Fofocas básicas em geral, fofocas malvadas no particular, li uma história nova em voz alta prela, chora ela, choro eu, chora a gata laranja sem saber por quê. Dormi depois, dormi bem, sonhei que ela comprava um carro sem capota e me levava pra passear em Pinheiros com vento na cara, Pinheiros e seus vários verdes, seus quintais com cães, casas que viram escolas, suas ruas e as folhas caídas nas ruas e os esguichos nos quintais sem muro, porque ninguém vai roubar mesmo. Amor, A."

Motivo do Velho Affonso

Encha um copo longo com pedras de gelo até a boca de Campari. Para o Velho Affonso era motivo suficiente. E se era bom para ele, vai ser bom para você também. Fique quieto e beba tudo.

Resposta ao e-mail da Angela: "Anjinha, posso ser contra mim mesma e, ao invés de querer ir pr'algum lugar, lutar com todas as minhas forças pra ficar onde estou? Amor, Alma."

Restos de Comida

Num livro que eu nem sabia que tinha, achei um papelzinho com a letra fininha do meu pai com a lista das principais cidades da Suméria. Chorei, claro.

Umma
Erech
Lagash
Ur
Kish
Adab
Eridu
Nippur

Quando a Fernanda era pequena, eu sempre tinha alguém para me perguntar "o que aconteceu com você depois que a Fernanda nasceu?". Nunca fui um modelo de diligência e responsabilidade, mas depois que ela nasceu eu... Bem, não existe uma explicação melhor que essa: eu fiquei com a cabeça ruim. Eu me esquecia de pagar contas, de ligar para o pintor, do período de vacina dos gatos, de ligar para os amigos, de comer, de fazer o cheque da faxineira, de devolver os filmes, de comprar leite. Fiquei com a cabeça ruim.

O que aconteceu com a Sessão Coruja que passava filmes como *Carrossel*, *Tudo bem no ano que vem* e *Núpcias reais*? Já passei muitas noites tristes abraçada numa pizza fria e numa garrafa de vinho branco quente, assistindo a *Nosso amor de ontem* e *Passagem para a Índia*. Agora tenho que atravessar madrugadas impensáveis, completamente sóbria e ainda por cima assistindo a moços belgas que lutam caratê e lourinhas sem graça em filmes açucarados, mas açucarados no mau sentido, daqueles que não levam ninguém a lugar nenhum, a não ser minha curva glicêmica para cima.

Quando ela era bem pequena, se eu não estava por perto ela brincava e corria, explorava todos os cantos e falava com qualquer um. Quando eu aparecia, ela grudava na minha perna, escondia a cara em mim e virava outra menina. Mas só até os 5 anos. Daí pra frente, Fernanda descobriu que a vida ficava mais fácil se ela usasse seus encantos. Coquete, ela sorria, puxava assunto, conversava com todos os cachorros e as crianças da pracinha e era o assombro das babás, com seu baldinho organizado, pazinhas e peneirinhas arrumadas e bateção voluntária de pés na calçada antes de entrar no carro.

O inverno que esperei tão avidamente me encontrou com uma máquina de lavar velha e revoltada, cuja intolerância gera pilhas inacabáveis de roupas sujas, enxaquecas que duram dias, camisolas manchadas, restos de comida nos pratos e uma casa de 30 anos cuja instalação elétrica precisa ser toda refeita urgentemente. Não dá para ser *cool* e *blasé* com uma vida prosaica dessas, convenhamos.

Quando eu não conseguia dormir, ou seja, sempre, eu ia pintar, e nos intervalos sentava no chão do quarto dela para olhar para ela que dormia e sorria e que de manhã me contava fragmentos de seus sonhos maravilhosos.

Não é o inverno, a segunda-feira, a falta de grana. Sou eu.

Fernanda adorava dormir, adorava sonhar.

Uma lua amarela gigantesca, manchada de cinza e com um aro vermelho em volta, bem baixa no céu, manteve, acho, todo o litoral paulistano acordado esta madrugada. Os cães uivavam e se jogavam contra os portões e uns contra os outros. Os gatos miavam alto e riscavam fósforos.

O primeiro pesadelo do qual se lembrou foi aos 6 anos e a cara de decepção durou dias. Nunca havia passado pela sua cabeça que dormir podia não ser tão bom assim.

Eu e meu *kabuki*, eu e essas máscaras necessárias. Sou eu e o peso das coisas que carrego, mesmo não precisando mais delas, mesmo não acreditando mais nelas. Sou eu e todos os portais que cruzei, as certezas derretidas, os encontros aos quais faltei.

Jamais gostei de dormir e sonho ainda de olhos bem abertos.

Saí para ver a lua, sacudindo a insônia, sentada nos degraus da sala. Seu Lurdiano apareceu com uma garrafa térmica de café e uns bolinhos fritos. Ficamos até quase cinco da manhã vendo nosso cineminha. "Boa coisa pra você pintar", Seu Lurdiano resmungou enquanto apagava o cigarro na calçada. Depois da soneca, obedeci e peguei os pincéis.

Catupa

E-mail do Leandro: "Alma, eu estava vendo um filme hoje e a personagem diz 'E então chorou, Alexandre, ao ver que não havia mais terras a serem conquistadas pelo seu império...' Para mim, Alexandre chorou porque ao ver que ele tinha conquistado tudo o que se conhecia, o agora só poderia ser o começo de sua decadência. Ele percebeu que ele já era dono de tudo. Ele sentiu seu fim. Beijo, Leo."

E quando o dia é tão, tão ruim que dói respirar, como hoje, eu boto uma roupa de briga, solto todos os cães e me sento com eles no gramado. Coço barriguinhas, beijo focinhos, falo na língua secreta deles e o que não é curado é, ao menos, anestesiado. Esse amor inexorável é a única coisa real para quem precisa dele. Como eu.

E-mail da Lígia: "Alma, você deveria ter uma saída leão-da-montanha ('Saídaaaa, pela direita!'), só pro caso de dar tudo errado. Beijos, Lígia."

Seu cachorro ama você. Seu cachorro foi programado biologicamente pra amar você. Ele ama você mesmo quando você se atrasa ou esquece de botar água pra ele. Mesmo que você tenha fraquejado. Mesmo que você fraqueje todos os dias. Mesmo que você ceda e se perca, mesmo que você minta. Mesmo que você tenha tanto ódio dentro de você, que doa. Mesmo que você tenha tanta dor dentro de você, que você odeie. Mesmo que você tenha estragado tudo.

E-mail do Binho: "Querida: Não foi loucura, não foi consumição. Eu não fiquei catatônico, não parei de comer, não falava sozinho. Não foi amor à primeira vista. Minha vida não mudou radicalmente, eu não virei meu mundo de ponta-cabeça, não tirei um vaso do lugar. Não suspirei, não gemi, não chorei no ombro de ninguém, não prendi o dedo na porta, não batizei nenhum ursinho de pelúcia com o nome dela, não me perdi de amor. Nada."

Mesmo que um ex-caso seu fique noivo duma moça lindíssima, na frente das câmeras da revista *Caras*, seu cachorro ama você. Mesmo que você brigue no trânsito e mande o cara do Audi vir chupar seu pau. Mesmo que você chegue em casa sujo, pobre, humilhado, mal-humorado. Mesmo que os outros riam de você. Mesmo que você esteja de ressaca. Mesmo que você tenha gatos, muitos gatos.

E-mail do Ricardo: "Querida Alma, amanheci com uma mancha na base do dedão da mão esquerda e outra no rosto, do lado direito. Entre as seis e as seis e cinco, na frente do espelho do banheiro, já tive câncer, AIDS, tumor cerebral, derrame, tudo."

Seu cachorro ama você mesmo quando você não está com saco pra ele e tranca o bichinho na área de serviço.

Carta para a Vera: "Cara Vera, felicidade é encontrar um ex-namorado especialmente cruel, e constatar que ele continua com cara de fuinha."

Seu cachorro ama você mesmo quando seu maldito computador dá pau e você perde as imagens das aulas. Mesmo que você tenha medo de sair de casa. Mesmo que você tenha medo de falar com as pessoas. Mesmo quando seu rímel está borrado.

Postal da Marli: "Minha filha, as coisas por aqui andam meio paradas. Para mim, quero dizer, porque Garboso, o mecânico charmoso, foi pego na rua de trás, trocando adjetivos com a Japonesa Airosa. A vizinhança não fala em outra coisa. Minha nova chefe chupa picolé pelo lado do palito. As gônadas do meu irmão deram um golpe de estado no cérebro dele, ele está pior do que de costume. O filme que rola aqui na minha TV informa que 'Deus está morto, precisamos ressuscitar Lúcifer' – era só o que me faltava. Enfim, parece que não só a semana, mas o mundo está chegando ao fim. Amor, Marli."

E sabe quando você, com o gato no colo, manda que ele desça da cama? Mesmo assim seu cachorro ama você.

E-mail da Biuccia: "É a solidão mais profunda, Alma, mais do-lo-ro-sa, a solidão que se revela quando uma caneca encosta na outra no escorredor, quando ela chega em casa e grita meu nome, quando passo as mãos nas costas do cachorro, quando meus pés com meia produzem faíscas no carpete. Solidão sem nenhuma lágrima, nenhum grito, nenhum esgar, só o gelo que derrete dentro da pia, a ração dos gatos que acaba e o dia, que não acaba nunca mais. B."

Seu cachorro ama você mesmo quando você se odeia.

E-mail para a Rô: "Acabo de me dar conta de que os melhores anos da minha vida já passaram. E eles foram uma merda."

Mesmo quando você é mesquinha, seu cachorro vai amar você. Mesmo quando você foge do seu ex-namorado no supermercado.

Resposta da Vera: "Alma querida, felicidade também é descobrir que seu ex-amor casou-se com moça que freqüenta aqueles caras que lêem aura. E que depois ainda fazem relatório de interpretação para as 'clientes'. A gente fica sabendo disso e só pode pensar 'ele merece'. Amor, Vera."

Mesmo quando todos os seus amigos de infância viraram uns caras emproados e esnobam você solenemente, seu cachorro vai amar você e a sua falta de importância para a civilização ocidental.

E-mail da Bel: "Alma, respondendo à sua pergunta, sim, estou pecando em pensamento. E, muito breve, em ação também."

Mesmo quando você programa o aparelho de som e ouve a mesma música novecentas vezes, seu cachorro ama você. Ele fica ali, deitado na sua cama, enquanto você trabalha e ouve aquela música infernal de novo e de novo e ele ama você. Mesmo que você trabalhe quinze horas por dia, chegue em casa, caia morto na cama e não brinque com ele. Mesmo que o amor da sua vida tenha casado com uma menina 10 anos mais nova e 40 quilos mais magra que você. Mesmo que seu bebê tenha morrido.

Resposta ao e-mail da Lígia: "Mas, quilida, você acha que isso aqui é o quê? Tudo isto que você vê, e boa parte do que você não vê, é um enorme plano B, amor. Beijos, Alma."

Seu cachorro ama você, mesmo quando ele come seu sapato cor-de-rosa. Mesmo que o Brad Pitt não responda aos seus telefonemas.

E-mail para a Renata: "Querida Renata, não só não resolvi os problemas velhos como ainda arrumei uns novos."

Seu cachorro ama você mesmo quando você fala com ele na mais irritante voz de bebê deste mundo. Mesmo que você não veja o que está bem debaixo do seu nariz. Mesmo que a escritora Laura Guimarães tenha razão e o que mais move você não pode ser dito.

Mesmo quando tanto amor irrita e ofende. Mesmo quando você está muito doente. Mesmo quando você esquece de comprar leite.

Carta para Esther: "Queridinha, estou aqui dividida entre a reforma do banheiro (sim, de novo), as compras de supermercado que exigem planejamento militar, umas poucas metáforas inconfessáveis e aquela angústia fininha e chata, que de tão leve parece que sumiu. Mas não sumiu não."

Mesmo que você tenha sido assaltada por um motoqueiro no farol da Rebouças. Mesmo que você ponha o bichinho de estimação dele na máquina de lavar roupa e o brinquedo encolha. Mesmo que você não saiba o que fazer com os verbos "competir" e "polir" no presente do indicativo. Mesmo quando você come chocolate demais. Mesmo quando você chora se olhando no espelho. Mesmo quando você queima a lasanha, seu cachorro ama você.

E-mail da Flávia: "Minha bela, dancei, flertei (olha como eu sou velha?), bebi, cantei, a noite foi divertidíssima. Comigo agora é assim, pego a dor desprevenida."

Mesmo quando você toma soníferos demais misturados com Martini e, lá no fundo, sabe que não foi sem querer. Mesmo que você seja caipira no telefone, seu cachorro ama você.

E-mail da Ana Laura: "Alma, eu detesto todo mundo. Gente folgada. Gente com opinião demais. Gente que tem como missão na vida me convencer do que quer que seja.

Gente que fala com a boca cheia de comida. Gente que faz uns convites assim: 'Aparece lá em casa.' Gente que liga pra você quando sabe que você tá mal, não pra consolar, mas pra extrair fofocas. Aliás, gente que faz fofoca, que conta causo alheio travestida de boazinha. E, claro, gente que faz lista sobre gente que a irrita. Tem cura? Beijocas, Ana Laura."

Mesmo que, no meio da crise de insônia, você vá lá acordá-lo pra não ficar sozinha, saiba, seu cachorro ama você. Mesmo que você tenha desistido da faculdade de veterinária e de mais seis faculdades.

E-mail da Ângela: "Uia nega, eu tava andando com pressa, sapato incomodando, cheeeeeia de coisa pra fazer, na Voluntários da Pátria, rua cheia, carros, buzinas. E me deu uma vontade enlouquecida de comer coxinha com catupa numa lanchonete bagaceira. Parei tudo, lógico, e fui comer a tal coxinha. Comi uma, duas, três. Aí me deu uma moleeeeza. Comprei umas galochas lindas pro André (nada mais lindo que criança pulando na água de galocha) e fui pra casa. Nunca serei uma executiva de sucesso. Eu não tenho força de vontade. Largo tudo por coxinhas com catupa e um par de galochas bonitas."

Seu cachorro ama você mesmo quando seu saldo está R$ 3.874,98 negativos no banco, mesmo quando sua perna está terrivelmente inchada. Mesmo que você seja viciada em listas que não servem para nada. Mesmo que você repita de ano. Mesmo que você tenha lavado seu teclado encardido no tanque, quebrado a máquina digital, perdido o controle remoto do DVD e que não saiba programar o videocassete.

E-mail para a Ticcia: "Querida Ticcia, um programa de TV acaba de me informar que a população do Brasil é a campeã mundial no consumo de anfetaminas. Quer dizer, tem algum vagabundo tomando a minha parte. Exijo o que é meu. Te amo, Alma."

Mesmo que você xingue seu cachorro de "fedido", mande-o tomar banho na loja e ele volte com dor de ouvido e com uma gravata patética do Piu-Piu, ele ama você. Mesmo quando todas as suas amigas de infância têm bebês e você não. Seu cachorro ama você mesmo quando sua mãe nem tanto. Mesmo quando você voltou a roer unhas. Mesmo quando você o atrai com beijocas e biscoitos e daí passe remédio de pulga na nuquinha dele na maior trairagem.

E-mail para a Biuccia: "B., minha filha, foi assim: às três da manhã. Bárbara Manteiguinha Maluquinha, a gatinha ruiva e obesinha, quebrou quatro garrafas de licor e todas as tacinhas de licor que Bisteca Antônio não tinha conseguido quebrar há um ano. Parecia que a casa estava explodindo. Saltei da cama, entrei na sala e... o caos, o caos. Gibis raros caídos em cima da melequeira. Fiquei limpando e fungando e pensando: quem tem gato não precisa ter religião, cara. A gente aprende a ser desapegado dos bens materiais no dia-a-dia. Sério. Beijos ainda açucarados, Alma."

Mesmo quando você chora debaixo do chuveiro para sua cara não ficar inchada, seu cachorro vai te amar.

Carta da Maria José: "Mas, por mal dos pecados, Dona Alma, ainda teve, hoje, na televisão, um especial do Paul McCartney. Jamais entrei na deles, mas me lembro, muito bem, das avassaladoras mudanças das quais eles fizeram parte. Que fiz, internada numa biblioteca? Passei para a prateleira do lado. Nessa prateleira avistei um pedacinho da página onde estava escrito *'The book is on the table'*. Aí, desmaiei. Era passado demais para o meu domingo. Abraços, Maria José."

Seu cachorro ama você para sempre, mesmo que nada, nada, nada tenha salvação e que, em parte, a culpa seja sua.

Pipoca sabor bacon

Vontade de batata frita. De um vestido branco. De dançar música cubana. Medo de morrer. De viver, claro. De perder. De não ganhar. Coragem, todos os dias. Verdade, todos os dias. Sim. Não. Umas mentirinhas, que ninguém é de ferro. Gavetas desarrumadas e todas as palavras que não estão no dicionário. Que nem existem mais. Que nunca existiram. Que eu inventei. Vontade de esquecer. De mim, do resto. E os olhos amarelos da gata cor de laranja em cima de mim.

Num momento de fraqueza, atendo ao telefone (sou conhecida por deixá-lo tocar até os fios derreterem). Uma ex-aluna agora advoga para uma galeria e me indicou para ter a obra analisada e, quem sabe, fazer uma exposição individual. Eu topo? Olho em volta e suspiro com a pintura descascada, as gatas com as vacinas por vencer deitadas no sofá, o IPTU atrasado grudado na geladeira.

– Claro que eu topo, Mariângela, que bom você ter pensado em mim.

Arrumo o armário das canecas com todas de boca para baixo e asas na mesma direção. Todas as latas perfiladas, rótulos alinhados. Minhas manias vão se aperfeiçoando.

Fui para São Paulo. Reunião numa galeria metida a sebo. Se aqueles grã-finos não me metessem tanto medo, até que eles me divertiriam.

Avisei que estaria em São Paulo e fui encontrar com a Mãe num bar. Contei a ela o que estava fazendo ali e a Mãe disse que nunca acreditou em mim. Encostei minha caneca de café com leite na taça dela e disse "tim-tim". Lágrimas nos olhos dela e nos meus.

Reunião não é a pausa que refresca, é a pausa que paralisa.

Não tenho muitas ilusões, mas tenho muitos desejos.

Reunião é o jeito mais desconfortável de ficar duas horas fazendo gazeta.

De vez em quando só me resta sacudir a cabeça, sorrir e admitir: os imbecis do mundo têm um novo rei.

Reunião é um monte de gente reunida falando ao mesmo tempo frases como "a nível de arte", e "os conceitos das telas são subjetivos".

Anoto todos os sonhos quando dá tempo, quando ainda me lembro. A Mãe comprando sapatos amarelos que ela jamais usaria na vida real, minha avó com roupas de baile, meu padrasto sem bigodes, sorrindo e fumando, meus cães morrendo afogados, Viola dentro de um vestido branco, suja de sangue, com minha filha ainda bebê no colo. Ambas sem os olhos. Não é de surpreender que eu acorde sem ar tantas vezes.

Reuniões não servem para construir meu caráter, definitivamente. E como é que eu sei? Porque acabo de ficar mais de duas horas sentada ouvindo luminares das artes brasileiras terem *insights* mirabolantes.

Tanto tempo de medo do mundo. Tanto. A verdade é que durante muito tempo eu não soube. Não soube viver com a incerteza, não aprendi a reagir com a rapidez necessária, com destreza, com passos largos. A falta de domínio sempre me matou de medo, ou seja, a vida sempre me matou de medo. Ainda mata. Se bem que, ultimamente, mata um pouco menos. E um pouco mais devagar.

Reuniões são a explicação de por que ninguém vai a lugar nenhum nem faz nada realmente importante. São elas o motivo do mundo estar essa bagunça e você pode incluir aí a peneira da camada de ozônio, o atraso constante dos ônibus, as armas de destruição em massa e a pipoca de microondas sabor bacon.

Cheguei em casa, tinha bolo de cenoura em cima da mesa. E meu xarope para tosse emocional estava sobre a pia, com uma colher ao lado. Quando eu virar uma artista plástica rica e famosa, que vende bem e dá entrevista pra esses programas que passam de madrugada, vou sustentar Seu Lurdiano no luxo e na opulência.

Preciso arrumar um agente, um contador e um advogado. Urgentemente. Preciso fazer um portfólio de gente normal e não esse arremedo esquisito que carrego para todo canto e tirar o que uma moça magrinha chamou de "fotos para divulgação". Meu Deus, meu Deus. Preciso fazer unhas e sobrancelhas, usar um salto de vez em quando, uma meia fina, sei lá. Fiquei me sentindo uma jeca no meio daquela mulherada alta, magra, impecável. Eu sou uma jeca.

A gata amarela adotou uma gatinha branca neném que ouço chorar faz algumas noites no quintal e que nunca encontrei. Pois a gata amarela a encontrou e trouxe para casa, protegeu a pequenininha dos outros gatos e a ensinou a enterrar seu cocozinho, a tomar banho e a roubar o bife congelado de dentro da pia. Agora as duas, *muy* dignamente recostadas no sofá, olham para mim com cara de quem quer o jantar.

Torta de aveia

Eu, que nunca soube o nome da dor. Eu, que não semeei os campos, que não colhi os frutos, que não mantive o passo, que não errei, que não soube quando errei, que perdi o pé, que trinquei a taça, que sobrevivi ao império, aos meus filhos, ao vento noroeste, que não sobrevivi.

Pudim da Laura (medidas por pessoa): 150 gramas de chocolate derretido, 50 gramas de manteiga, 1 ovo, 1 colher de farinha de trigo, 1 colher de açúcar. Derreter o chocolate e a manteiga, juntar o ovo, a farinha e o açúcar. Depois despejar em forminhas untadas.

Eu, que não escutei a voz da razão, que sabotei a lei das probabilidades, eu que matei, que surgi, que desapareci, confinada que fui às visões românticas do colonizador, que refiz pegadas, que apaguei traços, que me enfureci e sacudi lapelas. Eu, que apontei dedos acusadores, eu que não sabia coisa alguma, eu que tinha tantas certezas, eu que sorria para a multidão que atirava rosas, eu que dava tchauzinho de miss.

Creme safado da Fátima: suspiro de padaria, creme de leite batido em chantilly e fruta fresca.

Eu, que falo olhando para as veias da sua mão e que escuto vendo sua boca se mexer. Eu, que respeitava o nosso gentil patrocinador. Eu, que tive medo e coragem, que amei e odiei na mesma frase, no mesmo segundo, no mesmo toque.

Creme da Marli: maisena, leite, baunilha, duas gemas.

Eu, que estabeleci motivos para a guerra e assinei tratados e capturei os chefes das outras tribos e cortei tendões dos inimigos e que não fiz prisioneiros. Eu, que embalei crianças mortas, lutei por causas perdidas, rendi-me a cada lugar-comum, ou clichê, ou armadura brilhante, ou cão de ataque.

Caramelo da Sílvia: 175 mililitros de água, 200 gramas de açúcar, 100 gramas de nozes picadas. Só junte as nozes depois que o caramelo estiver marrom. Deixar fervendo enquanto acrescenta as nozes. Depois deixe esfriar. Pode ser comido com café ou esfarelado no bolo ou sorvete.

Eu, que imagino sua boca quando devo, quando não devo, quando ela não está ali. Eu, que consultei os astros e os sábios da cabala, que entendi os mapas, que tracei as rotas, que tirei conclusões, que reuni a tropa, que segui os relatos dos vitoriosos.

Molho de macarrão da Stella: nozes, pão molhado no leite e queijo.

Eu, que, patrocinada pela rainha, lancei-me e os meus ao mar, enfrentando monstros, chacinando sereias, despencando de bordas e perecendo sem laranjas. Eu, que passei a vida vivendo como se fosse para esquecê-lo, mas não foi, porque eu não sabia que você existia.

Torta de aveia da Tide: 2 xícaras (chá) de aveia em flocos, 100 gramas de margarina, 1 colher (chá) de sal. Misture todos os ingredientes e aperte sobre o fundo e os lados de um refratário (pequeno). Leve ao forno médio, por dez minutos. A aveia pode ser em flocos "comuns" ou flocos finos. Fica deliciosa com qualquer recheio.

Eu, que quis laços cor-de-rosa e chuteiras, tortas de maçã e cervejas, doença e guerra, instâncias individuais e direitos intactos, jujubas e drama, água potável e fontes decorativas.

Pavê da Esther: Ferver uma geléia de fruta com água, passar o biscoito champagne nessa calda. Alternar camadas do biscoito com o creme da Marli.

Eu, que agora entendo, foi toda uma vida gasta na vã tentativa de fazer com que sua falta não me doesse, para que a idéia de nunca ter seu riso e seu gozo não me fizesse desistir.

Sorvete da Aurora: 500 mililitros de creme de leite fresco batido com aproximadamente 250 gramas de açúcar, suco de 4 laranjas e 2 limões.

Eu, que enterrei os que partilharam de minha juventude, escolhi ignorar o óbvio, que preferi não notar o desmoronamento do improvável, que vaguei sem rumo, que temi o inexato e cantei durante o verão.

Brigadeirão da Telinha: 2 latas de leite moça, 3 ovos, 1 colher bem cheia de manteiga e Nescau até a cor ficar boa.

Eu que passei a vida toda fazendo sua ausência não me doer e agora, quando é tarde demais, deparo-me com você e vejo que nada adiantou. Eu, que grito das janelas ignorando os vestígios do impacto, chegando a extremos, capitulando, chegando a extremos, capitulando, chegando a extremos.

Strogonoff de nozes e chocolate da Lívia: 2 latas de leite condensado, 2 latas de leite, 1 colher de sopa de margarina, 6 gemas peneiradas. Levar ao fogo até dar ponto de brigadeiro mole. Acrescente 300 gramas (ou um pouco menos) de chocolate em barra ao leite ou meio amargo (bem picadinho). Quando esfriar, acrescente 2 latas de creme de leite com soro, 200 gramas (ou menos) de nozes picadinhas e 6 claras em neve.

Eu, que reúno fragmentos.

Pavê de limão da Fer Fonseca: 1 lata de leite condensado, 1 lata de creme de leite, $^1/_2$ lata de suco de limão.

Eu, que não pude ver os dizimados pelas armas e que, dizimada, não quis acreditar. Eu, que não me identifiquei com os vencidos, que não tive colhões para ser o vencedor e nem caráter para apenas observar. Eu, que nunca soube o nome da dor.

Rosquinhas Fritas

Numa caixa enorme de tecido azul florido, guardo fotos, todas as fotos da minha vida.

Munida apenas de camisola e mau humor, enfrento a casa e os gatos, as contas atrasadas e a banda larga que ainda não resolveu se vai ou não vai ser um problema na minha vida.

Desordenadas, num caos simpático, as fotos se acumulam em pilhas sem nenhum critério, sem nenhuma ordem. Amigos de colegial confabulam em animada intimidade com meus bisavós, crianças que não reconheço são batizadas, meu pai aparece andando de bicicleta no que, um dia, viria a ser a avenida Rebouças, em São Paulo.

Nesses dias gelados, quase cedo à minha *muy* aristocrática tentação de fazer uma lareira nessa casa. Mas o verão chega em poucas semanas e afasta as idéias de jerico da minha cabeça, graças a Deus.

Vejo a Mãe de maiô preto, com a Viola ainda bebê no colo, mostrando a língua para a câmera, emoldurada pelo mar de Ilhabela.

Mesmo de meias, o frio do chão encosta em mim e eu entendo os gatinhos encorujados no sofá. Eu também não saltitaria de felicidade ao me ver nessa manhã cinzenta. Se eu fosse um gato, eu ficaria lá no sofá, quieta, de olhos semicerrados, esperando alguma boboca me levar no colo até a cozinha para o café-da-manhã.

Nesta foto, minha bisavó Carolina, um dia antes de sair de Barcelona, algumas horas antes de sua vida mudar para sempre, de vestido cinza e cara triste. Essa é uma boa história: ao ser informado pelo capitão do navio de que homens solteiros não podiam embarcar porque os contratantes brasileiros não queriam gente sem família, meu bisavô Jorge se desesperou. O capitão, com pena do rapaz, que tinha que ir embora, "fazer a América", ficar rico ou pelo menos parar de passar fome, disse que um conhecido tinha uma filha solteirona, da qual ficaria feliz em se livrar. Naquela mesma tarde, Jorge e Carolina se conheceram e se casaram. No dia seguinte embarcaram para o Brasil. Nunca mais viram suas famílias, nunca mais voltaram para a Espanha. E a solteirona tinha 16 anos.

Faz frio, enfim, um frio redentor e furioso, que deixa a cidade horrorosa lá fora com cara de limpa. Decidi não olhar a cidade de frente, fechei as cortinas e não atenderei à porta.

Eu, em 1984, camiseta das Diretas Já. Como eu era magrinha.

Os cães resmungam, mas sei que alguém cuidou deles bem cedinho e, covarde, decido não enfrentá-los, nem à sua assustadora necessidade de carinho e aprovação.

O Pai, de fogo, olhos vermelhos, pose de dançarino de flamenco, flor na boca. Nas costas da foto, com a letra dele lê-se "Eu, no casamento do Ismael, 1958".

Não sei bem quanto tempo eu dormi.

Minha avó Greta, 1952, com roupa de igreja, terço na mão, chapéu com véu, cinturinha de vespa.

Leio um e-mail bem-intencionado de uma moça que quer discutir as "implicações astrológicas" da minha obra, como se minhas poucas telas pudessem ser chamadas de "obra", como se eu desse a mínima pra qualquer droga com o termo "astrológicas" no meio e como se eu quisesse discutir o que quer que seja com ela. Mas respondo simpática e vaga, porque sou educada. Mentira. Respondo porque sou uma safada e porque as minhas assustadoras necessidades, inclusive as de atenção e aprovação, são mesmo assustadoras.

Viola no quintal da Dona Estela pilotando um velocípede Bandeirantes e sorrindo para o respeitável público.

No meio da digitação, lembro vagamente que tive um sonho sofrido que me perturba n'algum cantinho da cabeça.

Meu primo Roberto e eu, sentados numa árvore torta que havia na rua Rubi, na Aclimação, em 1978, ao lado da minha tia Belmira.

E-mail da Receita Federal dizendo que vai mandar cancelar meu título e meu CIC. E eu lá me importo? Sou tão velha que ainda chamo CPF de CIC, quero que se dane.

Minha avó com um vestido que parecia aqueles que a Noviça Rebelde faz com as cortinas da casa do capitão Von Trapp.

Merda! Queimei a camisola com o cigarro. *Deficiente.*

Ana Beatriz, com dias de vida, no colo de Eliano, na saída do hospital. 1977. Nas costas da foto a letra da Mãe ("Mamãe, receba a primeira foto de sua nova netinha. Essa parece que vai ser linda, não?").

A gata laranja apanhou da gata branca e veio pro meu colo reclamar. E mia alto, e me mordisca a mão, quer justiça.

Eu dentro de um barco de mentira enfeitado com bandeiras de São João, vestida de matuta. Minha irmã ao meu lado com a maior cara de abuso.

Outros e-mails; pedidos de exposição, que encaminho para o meu agente (o povo da galeria diz que eu deveria dizer "representante"); gente querendo aumentar meu pênis, clarear meus dentes, diminuir minha cintura e alisar meu cabelos; amigos contando coisas fofas e mandando fotos de filhos e de bichinhos, convidando para churrascos e seja lá o que mais que pessoas normais fazem em suas horas de folga.

Fernanda, com 6 meses de vida, vestindo um macacão vermelho e chapeuzinho no colo do Pai. O Pai amava a neta e me fazia grandes recomendações sobre "como não estragar a vida da menina". Depois que ela morreu, ele parou de falar comigo.

Eu deveria ir ao centro comprar telas, eu deveria ir à sede da prefeitura renegociar meu IPTU, eu deveria ir à consulta com meu oculista, eu deveria comer de café-da-manhã alguma coisa com fibras suficientes para fazer uma camiseta e não estas rosquinhas fritas, eu deveria, eu deveria.

Fernanda em seu primeiro dia no primário. (Hoje em dia nem se chama mais primário e eu não sei como se chama. Ficar velho é falar o nome errado pras coisas e ficar bravo quando nos corrigem.) Saia azul, camisa branca, sapatos pretos, soprando a franja.

– É uma escola de meninas grandes, mamãe?

Mas, incomodada com o que diabos havia nesse sonho, de que não me lembro e que me angustia, tomo algumas pílulas, não muitas, um pouquinho só a mais do que deveria tomar, volto para a cama, dou um tapa levinho no despertador e viro para o outro lado. Só mais cinco minutinhos.

Pesto

E-mail para o Fábio: "Essa semana foi quente. Foi longa. Mas foi curta também. Essa semana não teve risoto, mas teve boteco. E risadas. Foi esquisita. Foi solitária. Essa semana foi muitas coisas. Muitas. Essa semana teve cartório e lavanderia, molho de churrasco e café expresso. E agora tem chuva e barulho de chuva e vento. Filmes velhos na TV. Cocacola gelada. E os botões da camisa azul que precisam de casas novas."

Parei de beber no dia do acidente com a Fernanda.

Consigo ouvir o sono dos gatos, as unhas do cãozinho bebê no chão de madeira, as portas que rangem milimetricamente com a brisa, a geladeira que tosse, uma tinta se misturando com a outra na frente dos meus olhos. O telefone passa quase que o tempo todo fora da tomada e há de chegar o dia em que terei coragem de jogá-lo pela janela.

Estou sóbria há 4 anos, 7 meses e 19 dias.

Os dias são contadinhos, um X vermelho sobre cada um, todos levam uma eternidade para passar, mas as horas arrastam as miudezas do dia e me atropelam.

E não foi nada fácil. Não é nada fácil.

E-mail da Vera: "Alma, *darling*, não, não vi *Casamento grego*, mas vou pegar na locadora. E você me pergunta o que faço para me consolar? Ih, varia. Numa época em que tudo ia mal, mergulhei de cabeça nos livros da Barbara Cartland. Foi uma consumição. Eu vasculhava bancas de revistas da cidade toda, enlouquecida. Aquelas bancas lá do centro têm pilhas, pilhas imensas, que durante meses eu escalei. Essas bancas vivem na base da troca, ou seja, um paraíso pros compulsivos. Você manja Barbara Cartland, né, Alma? A coisa mais deliciosamente machista, escapista, romântica, rocambolesca, uma delícia. *Amei um duque, O príncipe grego, A maldição do marquês*, coisas inacreditáveis. Nobres ingleses, velhas duquesas bondosas, maquiavélicas baronesas, castelos, Tudor Manor Houses, mocinhas lindas injustiçadas que se sacrificam para salvar a vida das mães doentes e inválidas, trabalhando como criadas sem saber que são, na verdade, herdeiras de vastas propriedades. Uma beleza. Agora, no miudinho do dia, como eu escapo da tristeza e da dor? Ah, não sei. Esse tipo de sentimento de desconsolo não me pega. Mas a ansiedade, essa, beibe, tá que tá. E eu a trato arrancando as casquinhas da cabeça até sangrar, afinal, para quem está ansiosa, um melanoma será de grande ajuda, né, mess? Todo meu amor, Vera."

Dois dias depois de enterrar minha filha, entrei para um programa.

Macarrão ao pesto, telefonema interminável com a Carla, filme antigo do Redford em VHS e edredom cor de abóbora.

Aceitei minha incapacidade de mudar o que não poderia ser mudado.

Cabeça, tronco, membros e dor. A dor é física.

Aceitei ajuda.

Julho, do começo ao fim. Essa foi minha época preferida do ano enquanto fui mãe. Passávamos o mês todo juntas em casa e de pijamas com pezinho. Fazíamos brigadeiro e pipoca, víamos quantidades industriais de desenhos animados, montávamos quebra-cabeças.

– Mamãe, férias é ficar assim, amando você o dia todo?

Pedi perdão a todos que magoei.

E-mail de Zel: "Alma, quilida, todos os meus calcanhares são de Aquiles."

Durante meu pedido de desculpas, meu padrasto chorou, fungou e deu tapinhas na minha mão, enquanto a Mãe sorria distante e tomava seu café-da-manhã composto de um terço de vodca.

E-mail para L.: "Meu bem, as bandeiras que tão ciosamente empunhamos, cantando hinos, crendo e marchando, viraram pano de chão. Sei disso agora. E o que não fomos, os beijos que não demos, os cigarros que não fumamos juntos e nossas alternativas não trilhadas tremulam no mastro."

Aceitei o fato de que vou acordar a cada dia sem saber o porquê de todas as coisas.

E-mail da Ella: "Alma, se a pequena não quer bisteca, eu faço umas salsichas, não custa. O importante é ela comer. Eu sou fumante, tenho TOC, depressão e TPM. Não posso me ater a briguinhas miúdas."

Eu tinha sonhos horríveis naqueles dias, não com minha filha, mas com a bebida.

– A única saída – explico para o meu pastor alemão Simbad – é a rendição.
Ele não entende nada, mas vai buscar a bolinha feliz da vida.

No enterro da minha filha chorei por ela.

E-mail da Biuccia: "Alma, rânei, eis-me aqui, peguei duas traduções gigantescas para fazer, então agora eu moro na cadeira do computador. Você não conseguia falar comigo ontem pelo telefone, porque minha adorada mãe ligou para cá às oito da noite. A luz acabou na casa dela, ela tem medo do escuro, Alma. Então eu narrei o *Fantástico* inteiro para ela, depois um daqueles filmes do Charles Bronson. A luz voltou às duas da manhã, só daí ela me largou e desligou o telefone, quá-quá-quá. Enfim, é isso, meu bem, não estou melhor porque não estou mesmo, mas estou mais calma. Amor, Bi."

Chorei por mim também, e por tudo o que não fui.

Resposta ao e-mail da Biuccia: "Ah, querida, narrador do *Fantástico* na Vila Sônia é uma ótima profissão para constar na lista de atividades improváveis do dr. Eduardo Almeida Reis. E sua mãe está certa, eu também tenho medo do escuro. Amor, Alma."

Chorei até esquecer por que eu chorava. E, daí, comecei a chorar de novo.

Abençoada por essa inominável necessidade de sobreviver, calço meus tênis verdes, compro ração para os peixes, pago a conta da TV a cabo e quase me esqueço do que quero, do que quis e desse passado todo, que nunca existiu e que ocupa tanto espaço no banco detrás do meu carro.

Fanta Uva

Carta sem envelope: "Você vai embora e eu choro, horas, olhando meu rosto no espelho. A Marli me deu uma explicação altamente psicanalítica do porquê de nos olharmos no espelho enquanto choramos, mas eu não me lembro dela agora. Só minha boca quadrada, meus olhos vermelhos, meu semblante de dor me ocupam, não me lembro de mais nada. Mentira. Lembro sim. Lembro-me da época em que achei que você fosse uma resposta, uma solução."

Ele é bege, feioso e seu teclado, imundo, é coberto duma película amarronzada e levemente gosmenta que congrega em alegre camaradagem poeira, partículas não identificadas, creme para o rosto, creme para as mãos, Fanta Uva, requeijão e – sem drama, querido leitor, apenas a verdade – lágrimas. Sim, ele me faz chorar. Mas nunca deixei de considerá-lo um membro da família, um filhinho, menos amado do que os gatos, é verdade, mas muito mais querido que o microondas.

E-mail da Flávia: "Eu e minha irmã tínhamos o Feijãozinho, mas só ela tinha a Papinha, e isso me matava de inveja. Eu almoçava em frente à TV e amava *Josie and the Pussy Cats*. A primeira novela de que eu me lembro é *Estúpido cupido*. Eu e o meu amigo Dedé brincávamos de Françoise Forton e Ricardo Blat. O Dedé é um capítulo à parte na minha infância. Ele era meu capacho, meu esparro, eu era a raposa e ele, o gato. Nos amávamos, mas como ele sofreu na minha mão, pobre Dedé... Nunca mais na vida eu soube dele. Ai, Alma, eu nunca mais soube dele. Beijos aparvalhados, Flá."

Num momento de desespero econômico, falta absoluta de trabalho e soberba, inventei um curso de história da arte pra ser dado pela internet. Pesei prós e contras, avaliei meu estado físico e mental e resolvi que daria conta da empreitada. Só me esqueci de avaliar meu computador. Ele não estava pronto. Ele precisa de tempo, de carinho, leves atividades ao ar livre, talvez um pouco de jardinagem. Nada que exija a produção de 300, 400 páginas mensais, com figuras e muitas, muitas cores.

E-mail da Biuccia: "Alma, é impressionante a minha capacidade de me surpreender, de fazer uma curva no meio da reta. É um dom, querida. O dom errado, mas um dom mesmo assim. B."

As aulas seguem, mais ou menos no prazo, mas à custa de lágrimas. E sangue. Hum, meu sangue, o que é pior.

E-mail para Ana Paula: "Como se a trilha sonora da vida fosse feita pela Gloria Gaynor, como se meus passos fossem ditados pelo moço do horóscopo, como se houvesse tulipas na minha bandeja de café-da-manhã. Ai meu Deus, hahaha, como se eu tivesse bandeja de café-da-manhã, já que estamos falando nisso. Não tenho direito a tanta perfeição, tanta felicidade e quando me lembro disso, peço pra Gloria cantar mais baixo."

Meu computador come as imagens das aulas. Come as legendas engraçadinhas que boto embaixo das imagens. Come os textos. As coisas que escrevo somem. Eu soluço, e ele permanece imperturbável.

Carta sem envelope: "Nunca houve um passado, beibe, nem quando eu jurava que o que eu estava vivendo era real. Nada. Alicercei essa história maluca no nada, e no nada ela se apoiou enquanto foi possível. Hoje eu mal me lembro das suas belas mãos, do seu nariz, da sua gargalhada, quando você fechava (fecha ainda?) os olhos, jogava a cabeça para trás e me fazia estremecer. Eu queria fazer você rir, eu queria fazer você sonhar, eu queria. Eu quero."

Sacudo meu computador pelos ombros, como um filho que decepcionou a mamãe e jogou o dinheiro do pão nos cavalos. Meu Deus, o que foi que eu fiz de errado? Será que eu tratei a pobre máquina mal? Eu sei, os banhos repetidos de Fanta em seu teclado devem ter magoado, mas não era pra tanto. Será que foi falta dum nome?

Afinal eu batizo tudo na casa (que o diga Ricardo, o novo bichinho de pelúcia dos cachorros).

Vai ver que o coitado se sentiu preterido.

E-mail da Ana Paula: "Por quê, linda? Pede pra Gloria berrar *I Will Survive* bem alto e finge que acredita! Bjs da Aninha."

Internautas amigos mandaram inúmeros conselhos, mandingas, simpatias, "ameaça com a chinela, às vezes tem de tratar mal pra ele te dar valor", "dá três pulinhos, reza uma salve-rainha e aperta a tecla tal", "leva num pai-de-santo micreiro na Santa Ifigênia que tira o encosto do hardware" etc., mas sabem como é, não adianta dar conselho sobre a criação do filho dos outros.

Carta antiga. Muito, muito antiga: "Fui eu que não entendi que era uma despedida. Os sinais estavam todos ali, mas tenho talento para não enxergar o visível, é um dom. Acendi meu cigarro no seu, deixei você pagar a conta e fui pegar meu táxi, entendendo e não entendendo, sentindo e não sentindo, querendo, querendo, querendo. Eu sabia. Mas eu não sabia, entende?"

Mas meu lado pai, que sabe como as mães são emotivas, já me disse que não, que tudo fiz por ele, que ele é um vagabundo inútil, que devo exercer minha autoridade e não sustentar maconheiro e que o computador revortoso vai embora na semana que vem.

E-mail da Rute: "Quando saímos para a rua, aquele frio, aquele vento, ela passou o braço em volta de mim. Foi um gesto, um gesto bobo, que não se planeja, que não se calcula, e que, ah, justificou a noite. Depois ela voltou pro Rio, com minha alma no bolso da jaqueta. Amor, R."

Meu coração de mãe sangra. Ele me fez chorar, minha pressão subiu por causa dele, ele é um burro imprestável, mas, Deus, é sangue do meu sangue, é plug do meu plug.

Enfim. Com o próximo, começarei da forma certa. Ele chega semana que vem. Será uma menina. E vai se chamar Ana Paula.

E-mail do dr. Reis: "Alma, querida, ando preocupado com sua insônia. O melhor conselho que lhe posso dar é o de que nunca, jamais, em tempo algum, você procure pensar na vida durante a noite. À noite, doce Alma, tudo fica insuportável, doloroso e insolúvel. Clarice Lispector tem razão quando diz 'de dia também se morre', mas a verdade é que as coisinhas chutadas para o corner durante o dia são assustadoras à noite. Em tempo, quem me deu o sábio conselho de não pensar na vida e nos problemas durante a noite foi o dr. Aluísio de Castro, psiquiatra e médico de senhoras, saudoso amigo, colega de turma de meu pai. Beijos e juízo. Dr. Reis."

Bolo

Bilhete para C., sem assinatura: "Espero que você, meu caro, seja capaz de ver além dessa senhora gasta, de seios cansados e cabelos grisalhos. Espero que você possa ver a menina que fui, os sorrisos que dei. Não lhe peço nada além da clarividência."

Um dia vou me passar a limpo e rasgar os rascunhos. E quando algum incauto me perguntar por que eu queimei os esboços, se eu pelo menos fiz backup, se eu tenho um CD, um disquete de segurança, se pelo menos eu guardei umas notinhas fiscais, resmungarei um "não", bem mal-humorado.

Não tenho medalhas no peito, não recebo pensão especial do governo, meu olho de vidro e minha perna-de-pau são imperceptíveis e ninguém faz continência quando eu passo. Minha identidade secreta de sobrevivente da batalha permanece desconhecida do grande público.

Um dia eu vou fazer sentido.

Os bárbaros não queriam destruir Roma, meu Deus do céu. Eles queriam ser romanos. E isso muda tudo.

Um dia, vou reconhecer meus pares, pagar em dia, cruzar os cheques e manter os canhotos arrumados por ordem cronológica e presos por elásticos em bloquinhos de dez, na gaveta do escritório. Um dia vou incluir fibras na minha dieta e marcar meus exames.

Começou o horário de verão. Esses calhordas roubam uma hora da minha vida e meu único protesto é não mudar a hora do relógio da cozinha. Eu sou uma guerrilheira de merda.

Um dia vou chamar o faz-tudo antes e não depois do caos instalado.
Um dia vou abrir uma firma, pagar os impostos, manter a papelada em dia.

E-mail de M.: "Alma, rânei, colé? Tás boa? Aqui em Brásilha estamos naquelas. Muita armação, muita puxação de tapete (o meu, *sure*). Eu vou indo como os exploradores do século XV: eu sei que tem monstros pelo caminho, e que, se os monstros não me comerem, eu despenco da borda do mundo e morro do mesmo jeito, mas sigo, sigo sempre. Além de muita armação, muita reunião e, se eu te contar que a mulherada do meu setor vem trabalhar de meia-calça, não desmaie. Neste calor do cerrado você encontrará, além de meia-calça, base, laquê e o blazer do terninho. As finas usam tu-do. Ou eu estou, finalmente, na menopausa, ou todas elas têm ar-condicionado entuchado na raba. O ministério é um mar de moleres bem resolvidas a bordo de batatas da perna 'trabalhadas'. Isso tudo faz com que eu pareça a irmã deficiente que o excelentíssimo senhor ministro empregou só para a coitada sair de casa. Tento não passar todo o tempo esfregando meu diploma do MIT, meu Ph.D. e minha especialização em Equações Diferenciais Estocásticas na cara de ninguém, mas tem sido difícil. Devo admitir, porém, que esse tempo aqui está sendo providencial. Ninguém me conhece, ninguém me freqüenta e, nos finais de semana, todos desaparecem. Parece que morri e fui pro céu. Se eu ainda penso? Alma, claro que sim. E ainda jogo o jogo dos perdedores, o jogo do 'e se'. Ficou aquele gosto amargo, que é o sabor da promessa desfeita. Foi-se o tempo em que eu cantava 'você precisa saber o que eu sei e o que eu não sei mais'. Nesse tempo, eu acordava com 'tente me amar, pois estou te amando' e ia dormir com 'ah, que esse cara tem me consumido'. Menina boba. Acontece que os caras com olhos de bandido acabaram revelando que o resto era de bandido também, Alma. Ou então, fui eu que não entendi nada. Vou à locadora sozinha escolher sozinha os filmes a que assisto só. Ninguém me cutuca no meio da noite pra ir comer sopa de cebola lá na Consolação, então eu mesma me cutuco. Eu mesma trago a toalha que esqueci, entende? Não existe mais aquela emoção familiar, a possibilidade do telefone tocar a qualquer momento. E dói, viu? Toda opção carrega certa dor, as minhas não seriam diferentes. A minha não seria diferente da sua. Eu fico aqui. Sem esperar um amor com sabor de fruta mordida. E me lembrando de velhas canções, porque enquanto uso emoções alheias não tenho que usar as minhas. E tu, vaca? Recebi convite da exposição, e se você mandou só por educação, fodeu-se: capaz de eu ir te ver em Sampa e com verba oficial, ainda por cima. Prepare aquele feijão preto, pois tenho três reuniões em São Paulo na semana do seu vernissage. Que tal a vida na praia? Escreva logo. Não tenho nada na cabeça, além de você e deste meu belo cabelo cacheado. Amor, M."

Um dia eu não mais temerei.

A inviabilidade da minha vida sempre me surpreende. E o que me mata é que eu sei melhor que ninguém quão implacável é a natureza.

Um dia eu seguirei em frente sem parar tanto, sem olhar para trás.

E-mail do Fer: "O problema é que os tempos mudaram. E eu lamento profundamente."

Um dia vão me perguntar "Por quê?", e eu vou ter a coragem de responder "Porque eu quis assim".

E-mail da Biuccia: "Não acredito nem em fadas nem em duendes, nem em seres elementais. Eu não acredito em almas do outro mundo. Eu não acredito em Deus. Eu não bato na madeira, não rezo quando tem raio, não uso guia, não faço sinal-da-cruz quando passo pela igreja. Eu não acredito em santos, anjos, cabalas, patuás. Não leio horóscopo, não sei meu ascendente, não jogo tarô, não consulto os astros, não vou à cigana. Não visto branco às sextas-feiras, nem preto e vermelho às segundas. Não sei qual é o meu santo de cabeça. Não pago dízimo para pastores de voz melosa. Não vou seguir a numerologia e botar um 'y' no meu nome. Não tomo banho com sal grosso, não boto arruda atrás da orelha. Não compro incensos do Hare Krishna, não deixo a cigana ler minha mão, não penduro crucifixo no retrovisor, não vou ao centro tomar passes. Eu não acredito num 'lance-cósmico-de-energia-que-rola-entende?'.

Por isso, quando eu digo que vi meu avô na rua Augusta, eu vi meu avô na rua Augusta. O Velho Affonso, falecido em 1986, estava lá. Não era espírito, assombração, sinal, nada. Era o Velho. Tossindo pela rua, com um maço de cigarros no bolso. Ele vinha descendo pela calçada direita (de quem sobe de carro), com camisa psicodélica bege e marrom, calça marrom e cara alegre. Ele me viu, eu buzinei, freei, tentei encostar o carro, ele sorriu para mim, com o cigarro na boca, e fez um gesto, dei a volta no quarteirão, mas ele já tinha ido embora. É isso, Dona Alma. Beijucas, Biuccia."

Passadinha a limpo, estalando de nova, encapada em papel contact verde, como o dicionário que alguém me deu um dia, alva, limpa, imaculada, engomada, vou me sentar com as costas retas nas cadeiras da vida e comerei o bolo com o prato afastado do corpo para não amassar a roupa, não sujar, não derrubar uma migalhinha sequer. Quando eu me passar a limpo, nem eu mesma vou me reconhecer.

Pão

E-mail para Tati: "Tenho altos problemas com o bromazepam, sabia? Eu não fico nem enjoada, nem irritadiça, mas fico perdulária. Hahahaha!!"

Cheia de razão, com um advogado a tiracolo, fui até a galeria paulista, ao cartório, a tudo quanto foi lugar e fiz a coisa certa. Fui lá, provei que existo, assinei um contrato e prometi ser uma boa menina.

Às vezes eu levava Fernanda ao Parque da Aclimação para jogar pão para os patinhos, os patins dela fazendo ssssshhhh no cimento molhado.

E agora eu tenho que produzir especificamente para a tal exposição. O que significa, evidentemente, que eu não consigo nem desenhar uma casinha e um sol no papel de pão.

E tenho que continuar com as aulas também, porque, até prova em contrário, não sou uma artista plástica rica e bem-sucedida, sou uma professora de artes com o IPTU atrasado.

Dei aula para a minha aluna preferida, hoje, uma professora de literatura de 73 anos, que vive só e que, como eu, fugiu de São Paulo a certa altura da vida.

E-mail do Cláudio Luiz: "Alma, homens que pescam são casos à parte. O resto da humanidade deveria ser protegida através de plaquinhas que eles carregariam penduradas no peito com os dizeres: 'Cuidado! Fanático por pescaria.' Aprenda com a minha experiência, *darling*, e fuja deles."

Essa minha aluna fala do Corinthians, das ruas arborizadas da Aclimação e do Fernando Pessoa com o mesmo entusiasmo. Quase o mesmo.

Mas depois dum dia infernal, às voltas com mães-de-alunos-aflitas e advogados soturnos, só o entusiasmo dela é real.

E-mail da Tati: "Minha filha, eu já vi tudo quanto é efeito colateral, você se superou."

Ela sorri enquanto fala, talvez nem perceba. Hoje ela está muitíssimo animada, lembrando de alguma passagem de Pessoa.

E-mail para a Meg: "Mana, estou aqui lendo em uma revista as 'Quarenta coisas que você deve saber aos 40 anos' – era o título da matéria da revista. Maldição. Eu lia tal lista só para saber que, aos 44 anos, não sei nem três daqueles itens. Quem escreve essas merdas, mana?"

Ela fala, fala e Pessoa vai à missa. Ele ouve a chuva durante a missa, eu ouço a voz dela e o meu cansaço.

Cartão-postal da Vera: "Alma, quando a gente escolhe não dizer a palavra mais dura não é nada disso de amadurecer ou amolecer. É porque a gente quer continuar o jogo. Sabe frescobol? Pro jogo continuar, você tem que ajeitar a bola pro outro, se esforçar pra alcançar a bola que veio, jogar pra cima pra dar tempo pro outro chegar, abaixar, esticar. Agora, se você não quer continuar o jogo, você dá logo uma raquetada e vai embora. Beijos para todos. Volto dia 19. Vera."

Pessoa, pelo que eu pude ver, não prestou muita atenção à missa. Eu presto atenção nela e na sua blusa com casas de botões bordadas à mão.

Eu me culpo. Por ontem. Pelo telefone mudo. Pelo medo da queda. E pela queda também.

Ela fala algo sobre o bairro e sobre a chuva fazendo árvores caírem e as feiras livres serem transferidas, e eu me lembro de que ela é amiga do batateiro da feira. Ele também é corintiano e a chama de broto. Sim, ela é um broto. Posso vê-la, de sacola na mão, escolhendo queijos e cheirando maçãs.

Carta antiga, do tempo em que existia correio: "Os fantasmas das minhas dores, as auroras boreais, o documentário do Discovery revelando mais uma vida que nunca viverei, a razão de nossas vidas, a sombra de tantos dias. Não me lembro mais de você. Por favor, não se lembre de mim. A."

Pessoa tem razão. A chuva está alta demais.

Por algum estranho e insólito motivo quase tudo desapareceu. Ou, como dizem, baubau. Tenho certeza que a culpa é minha, mas é hora do almoço e eu é que não vou investigar nada agora. Com meu arroz e feijão, vou comer massa de pastel fritinha e salada de tomate. E surtar, len-ta-men-te.

Churrasquinho de gato

Qualquer coisa mais funda que uma banheira me inspira pavor.

Devo admitir que, apesar das reuniões exaustivas e contraproducentes ou exatamente por causa delas, os caras da galeria são profissionais.

O programa preferido da minha avó Greta era me levar para passear de barco em Barra Bonita, interior de São Paulo. Estávamos lá na inauguração da eclusa, em 1973. Minha avó gostava de se sentar dentro do barco, beber guaraná, comer churrasquinho de gato e ver a parede de cimento subindo e descendo, enquanto enfrentávamos o desnível de 25 metros, entre a vazante do rio Tietê e a Bacia de Acumulação da Hidroelétrica. Minha pobre avó gritava de felicidade e eu queria a morte.

A galeria funciona dentro de um hotel podre de chique e metido a moderno e os donos do hotel querem me encontrar.

Não quero estar na superfície da água em embarcações fluviais, lacustres ou marítimas, eu não quero saber de gôndolas, pranchas, jangadas, botes, canoas de madeira, canoas de fibra de vidro, navios, caravelas, veleiros, batedeiras, barquinho do Amir Klink, lanchas de alumínio ou de qualquer outra coisa, catamarã, monomarãs, galeões, arcas, balsas, chalupas, pirogas, escunas, *hovercrafts*, barcos com e sem cabinas, iates, bóias de bracinho, naus sem rumo e nem de transatlânticos. Eu enjôo até em pedalinho.

Ao que tudo indica, os caras do hotel desejam comprar telas minhas para decorar os quartos de uma nova ala. Decepciono a gerente de marketing da galeria com a minha lentidão em acreditar.

— Eles acham que o que faço se encaixa nesses móveis supermodernos? Eles são o quê, loucos?

— Eles podem ser o que quiserem — a moça pula de excitação. — Eles têm mais dinheiro que Deus e querem você. Além disso — a moça está histérica — uma revista de decoração quer contratá-la como analista de obras de arte. Um texto por mês para você tecer suas sábias considerações sobre as obras de arte de um ambiente que eles sugerirem.

— Geralmente a sala de estar de algum riquinho idiota.

— Sim, geralmente a sala de estar de algum riquinho idiota. Pelo preço que eles querem pagar, devem ser as salas de estar de alguns riquinhos idiotas muito ricos.

Pergunto o que está acontecendo e ela ri.

— Quando dissemos que queríamos representar você, nós não estávamos brincando.

Sopa Fria

Pais divorciados têm um faro incrível para roubadas.

Calor insuportável, que não acaba, que não melhora, a chuva só faz o calor do asfalto subir e me surrar. A Sílvia, que é má, acaba de me garantir que não existe chance, por menor que seja, de eu acordar e ser agradavelmente surpreendida com a constatação de que essa vida não é a minha. A chance que existe é deu acordar numa vida pior que esta. O que me enche de pavor. Mas depois, com pena de mim, ela disse que n'alguma dimensão paralela ela está passeando nas ilhas gregas, e que eu estou junto. Já melhora um pouco. A pia? Nojenta. Cheguei num ponto em que me irrita ter faxineira e me irrita não ter, irrita ter que fazer jantar e irrita não cozinhar, eu amo os gatos, eu odeio os gatos, eu queria querer ir viajar, mas a verdade é que eu não quero sair daqui por nada deste mundo, sou apegadíssima aos meus bens (e meus "mals") materiais, mas, ao mesmo tempo, ando enchendo sacos de lixo enormes, aqueles pretões, de 100 litros e jogando tudo fora.

E o meu velho pai era um caso à parte. Ele atraía as roubadas, ele era um ímã de tretas.

Nunca pensei que diria isso, mas os saquinhos de supermercado dessa casa acabaram. Meu Deus, como assim? Então saquinhos de supermercado não se reproduzem por brotamento? A gente tem que repor? A vida é mesmo um mistério sem fim.

A *pièce de résistence* do Pai foi uma viagem de férias às capitais nordestinas. Pacote de excursão, porque o velho adorava uma excursão. Em Recife, o passeio principal era uma voltinha de escuna até a ilha de Itamaracá. Comecei a enjoar no cais.

Paula ligou. Na terra dela é o quinto dia seguido de chuva, com quase 43 graus de calor. O tempo todo. Ela disse que hoje cedo a filhinha dela perguntou: "O sol sumiu, mamãe?" Depois ficamos em silêncio, eu adoro silêncios telefônicos e daí ela me disse "tenho medo que o tempo passe". E quem não tem, querida? *Anyway*, a essa altura do campeonato, eu e meu prato de sopa fria não faremos comentários.

Dentro da maldita escuna, eu suava frio. Estávamos lá fazia dez minutos, quando começaram a aparecer golfinhos. Lindos, lindos, mas Deus, meu estômago havia trocado de lugar com meu esôfago, os golfinhos que se danassem.

Suas dívidas. Seu cão. Sua taxa de ácido úrico. Seus charutos. Suas filhas. Seu filho. Seus passos. Sua firma. Sua sinusite. Seu passado. Seus amigos. Suas escolhas. Seu porre. Seu nariz. Suas compras pela TV. Sua caneta-tinteiro. Sua terapeuta. Seus prazos. Suas certezas. Suas dúvidas. Seu medo de altura. Seus tiques. Seus advogados. Sua mãe. Seu sotaque. Seus bilhetes. Sua loção pós-barba. Seu bigode. Suas perdas. Seu ronco. Seus pesadelos. Sua coleção de elefantes. Suas sardas. Seus sócios. Sua neta. Seu jipe. Suas sandálias.

A pobre Violeta, imune às desgraças que me acometiam, corria pelo convés, gritando, acenando e me puxando "Olha, Alma, olha, olha, golfinhos, golfinhos!!".

Dei uma entrevista na TV para divulgar o vernissage. Em pânico, atordoada, fui maquiada e solta debaixo dumas luzes furiosas. A entrevistadora transformou todos os meus defeitos em atrações especiais. Depois de ser entrevistada por ela, não moro mais no bairro pobre de uma cidade pequena. Moro num "refúgio, à beira-mar". Não sou mais esculhambada, sou "despojada, blasé e chique". Meu alcoolismo, meu ostracismo profissional, a morte da minha filha e todas as merdas pelas quais já passei foram "experiências marcantes, que me ajudaram a amadurecer enquanto artista e enquanto ser humano a nível emocional". Eu juro por Deus. Enfrentarei a exposição tentando me sentir não esquisita, mas "excêntrica".

Vomitei por todo o oceano Atlântico, matando de nojo os outros turistas e nunca mais o Pai me arrastou para outra roubada daquelas.

O Purê Perfeito

Ficar, permanecer, estar, ser, naquele vernissage, estava me matando. Tenho medo das pessoas. Mas, quando ninguém sabe quem é você, é bom andar no meio do povo e ouvir o que dizem.

– E aquela tela ali?
– Eu gostei.
– E não é cara.
– Mas será que combina com o sofá?

Você ouve pedacinhos de conversas, de certezas, é quase um espetáculo à parte. Tenho medo das pessoas, mas gosto delas. À distância.

– O segredo do purê perfeito é esse, minha filha: mais manteiga que batata.
– Mas e o colesterol, criatura?
– Ah, eu não acredito nessas coisas.

Quero ouvir os elogios, quero ganhar os abraços, quero rever os amigos, quero até mesmo entrar nas discussões pseudo-intelectuais sobre "o papel das artes plásticas enquanto expressão...". Mas eu me pélo de medo.

— Olha, Pereira, eu amo você porque não tenho opção. Nenhuma, nenhuma opção.
— Tá legal, Mabel, eu vou procurar mais um daqueles ali de camarão, enquanto você se acalma.

Logo no começo da noite a Sílvia apareceu trazendo Seu Lurdiano pela mão. Fiquei emocionada em vê-lo ali, tão arrumadinho, roupinha de ver Deus. Quase chorei. Ele me abraçou, fez o sinal-da-cruz na minha testa e fungou. Orgulhoso de mim. Quase chorando também.

— Maciel, quantas tequilas eu já tomei?
— Essa é a quarta.
— Maciel, mais uma e você me leva pra casa?
— Mas eu não sei onde você mora.
— Xiii. E eu não lembro. Você não sabe mesmo, Maciel?
— Não, eu nem te conheço direito.
— Você nem me conhece e está me dando essa confiança toda, Maciel?

Penso sempre que os escritores levam vantagem sobre nós. Nas festas de lançamento de seus livros ficam sentados, autografando, fingindo inventar na hora frases espirituosas que trouxeram prontas de casa.

— Aperte as tirinhas da sandália, minha filha, Freud sumiu.

A fila de leitores os protege, não podem deter-se tempo demais num convidado só e, principalmente, não precisam explicar seu trabalho, já que o livro só será lido muito tempo depois.

— Sabe quando você não sabe se ainda está bêbada ou se já está de ressaca?
— Seeeei!
— Então me diz, criatura, que vida é essa?
— A minha.

Isso quando o tal livro é lido. Tenho um amigo escritor que jura que a maioria dos que compram seus livros não os lêem, e ele inclui nessa turma seu pai, sua esposa e sua irmã.

— Paulo José, vou te dizer uma coisa: o Chico Buarque, serve para quê, aquele cretino? Ele só escreve umas musiquinhas. E todas as mulheres do mundo querem dar para ele. A Helga não quis nem olhar na minha cara, tá lá, olhando aquele quadro idiota. Mas aposto que pro Chico ela olhava. Eu odeio o Chico Buarque.
— Leandro, larga esse copo, come mais um negocinho de camarão, você precisa de sal.

De vez em quando uma alma desavisada quer que eu explique, com detalhes, o porquê de um tema, uma cor, uma pincelada. Essa gente realmente acha que eu sei?

— Mas escuta, você já está dormindo com ele? Vocês pelo menos usam camisinha?
— Eu não. Quero morrer. Porra, me dá o direito de querer morrer?
— E quem sou eu pra criticar as tentativas de suicídio alheias? Eu passo a maior parte do tempo administrando as minhas. Desculpa.

Um pintor não tem essa moleza. Num vernissage, seu trabalho está ali prontinho, vulnerável, disponível para receber as análises apressadas, as definições equivocadas e as "críticas profundas" que os diletantes presentes se sentirem à vontade de despejar sobre nós – e, acredite, muitas pessoas se sentirão.

— A arte enquanto mecanismo expressivo permite-nos reviver toda essa temática profunda do diálogo entre a delimitação do fenômeno artístico e os parâmetros da arte meramente decorativa, enquanto enumeramos os padrões operacionais do que se convencionou chamar de origem realista da obra de arte a nível de produção intelectual, entende?
— Hã?
— Pedrão, eu aqui falando sério com você e você aí, pensando no quê?
— Tava pensando se aquele trequinho de camarão acabou. Você viu algum garçom por aí?

Lá estava eu, indefesa, com o cabelo melecado e posto para cima por um profissional, com o rosto craquelado de maquiagem e doendo de tanto sorrir, a bordo do salto mais estratosférico da minha vida, sem poder sentar, sem poder fumar, sem poder beber e ainda por cima sendo bombardeada com opiniões, análises críticas, estéticas e – que Deus me ajude – psicanalíticas do meu trabalho, enquanto sentia saudades de casa, dos meus gatos e desejava ter asma para usar aquela bombinha porque, que diabos, já seria alguma coisa.

– Nossa, que show de sapato!
– Ô querida, obrigada, é tão velhinho.
– Ah, não parece velho!
– Ah, tudo em mim é velho, meu carro é velho, minhas roupas são velhas, meus gatos são velhos, eu sou velha...
– Ih, tava assim também, aí arrumei um amante.
– E melhorou?
– Olha, melhorar não melhorou, mas ficou mais divertido.

A Mãe entrou, fez charme para o fotógrafo da revista (ah, os milagres de que um bom relações-públicas é capaz), torceu o nariz para cada um dos quadros, torceu o nariz para cada um dos meus amigos, deu um tapinha condescendente no meu rosto e foi para o seu próximo compromisso inadiável, sem provar nenhum dos breguetes de camarão.

A Mãe não é fácil.

– Ele é meigo, engraçado e brincalhão! Ah, ele é tão alegrinho!
– Péra aí, Rose. Pela descrição você está namorando um dálmata!

E é esquisitíssimo ver suas telas ali, dependuradas, com molduras bonitas e a iluminação certa, como se fosse sério, como se fosse obra de um artista de verdade, de um profissional.

Ai, meu Deus.

O que é que eu estou dizendo?

– Alma, amor, a sua depressão está sobre controle?
– Minha depressão está, Pipa, mas eu estou descontrolada.

Eu olho para cada trabalho e lembro de onde eu estava quando o pintei, qual gato estava deitado no sofá a minha frente, qual cachorro estava doente ou tendo cachorrinhos, que sabor de bolo Seu Lurdiano fez enquanto eu pintava aquilo.

– Como vai o casamento?
– Ótimo! Eu com TPM e ele com hemorróidas. Nós nos entendemos às mil maravilhas.

Minha viagem é tanta que eu olho as telas e me lembro de onde eu estava quando tive a idéia de pintar cada uma delas, no que eu estava pensando, o que eu estava sentindo, quais eram minhas lembranças, cada insight, cada decisão.

– Acabou?
– Acabou.
– Por quê?
– Porque ele ficou distinto e eu fiquei velha.

Amigos que eu não via há muito tempo apareceram, beijos, abraços, lembranças, fotos nas carteiras, fotos nos celulares, "Esta é a Susaninha, este é o Leo, corintiano como o pai", flores, assombrações, vários passados.

– Olha, Maria Inês, o Paulo José é o máximo, uma graça, culto, um amor de amigo, pessoa boa e generosa. Além disso tem um puta emprego, pai rico, mora bem, bebe direitinho e coleciona carros antigos. Vai lá falar com ele.
– Eu vou. E mulheres antigas, Alma, ele não coleciona, não?

Alguns amigos mais queridos e sabidos notam o pânico por detrás de todas essas camadas de rímel e pegam no meu braço, falam banalidades, contam historinhas fofas para me acalmar.

– Alma, *Pedaço de mim*, do Chico Buarque, é todinha construída pra se definir saudade, lembra? Pra terminar, e pra continuar a série de questões levantadas pela Telinha dias atrás, o Chico, Pixinguinha e toda a turma do choro é arte, na minha opinião. Agora, indo pra outro lado, e música brega? Não é? Mas quando o Caetano Veloso grava a canção que é trilha sonora de *Lisbela e o prisioneiro*, passa a ser arte? Ou quando ele gravou *Sonho*, do Peninha? Ou *Vou tirar você desse lugar*, do Odair José? Aliás, será que o polêmico Caetano não quis mesmo levantar polêmica? Se alguém disser que o jeito, o tom é que dão a medida, que não basta o conteúdo, tem que ver a roupa com o que vem, pergunto: é o polimento que faz um diamante tornar-se diamante?
– Ô Mauro, do que é que você tá falando?
– Vou ali falar disso com a Cris e com a Laura porque nenhuma de vocês me entende.

Posso ver a cena toda de cima, eu ali, quase calma, recebendo cumprimentos, conversando como uma criatura equilibrada, tranqüila. Como uma pessoa normal.

– Beijo, beijo mesmo, aquele com língua e com chupão, é instituição dos romanos, sabia?
– Você está bêbado.
– Eu sei.

Vai ver que eu sou uma pessoa normal, *go figure*.

– Alma, posso dizer sobre a arte cretense, que até esse período a arte tinha um vínculo total com a religião e que, após a deliciosa e ornamental arte minóica, a arte somente retomou sua inspiração "mais" religiosa na Idade Média? A arte cretense nos ensinou a decorar as piscinas com peixinhos de mosaico, sem dor na consciência? Foi onde realmente começamos a ornamentar sem outro fim senão agradar nossos olhos, sem que a religião nos vinculasse a isso?
– Lígia, jura por Deus que você quer que eu fale disso ou você está só tentando me distrair preu não entrar em colapso?

Mas chega uma hora em que você não suporta mais e precisa de um descanso. E daí, devagarinho, vai se encaminhando para a saída.

– Amor, alguém já se suicidou na sua família?
– Assim, pá e bola, não. O pessoal vai aos pouquinhos.

E os ex que aparecem, caídos sabe Deus de que galho de árvore?

Essa gente quer o quê, enlouquecer uma pobre senhora?

– Não adianta, Alma querida, tem gente que não serve nem pra se fingir de morta.

– Você é que está certa, Karine. Já provou o salgadinho de camarão?

Café

Quando consigo escapar do vernissage, eu me refugio no bar do hotel. Sento a uma, duas, três banquetas de distância do homem magro e barbudo que também está ali.

Ele olha para dentro de sua xícara de café e eu não resisto à tentação de perguntar:

– Perdeu alguma coisa? – Sim, eu, uma senhora grisalha, com um pé apoiado na beirada do precipício e o outro erguido e preparado para o vazio da queda, precisando desesperadamente de uma bebida que não terei, com medo de meu trabalho ser bom e não ser, vender e não vender, com medo de meu futuro e das 130 pessoas que me esperavam num salão ao lado, estava ali, flertando descaradamente num bar de hotel.

O homem ergueu o rosto e deu o sorriso mais triste do mundo. Ergueu-se de onde estava, estendeu a mão e me cumprimentou.

– Andrei. – Sua voz é grave, baixa e ele tem um sotaque que eu não consigo definir.

– Alma.

– Oi.

– Oi. Polonês?

– Húngaro.

– Advogado?

– Consultor financeiro.

– Rá. Passeando no Brasil?

– Não, comprando e vendendo empresas.

– Capitalista selvagem?

– Mais selvagem que capitalista, beibe. – Se esse fosse um romance para senhoras do tipo que se escreve hoje em dia, levemente pornô, e cheio de coisas que nos fazem suspirar, eu contaria a você que ele tinha os olhos castanhos mais profundos e melancólicos que eu já vi, e que ele deu uma gargalhada e as ruguinhas em torno da boca eram a coisa mais doce e que durante alguns segundos eu fiquei presa dentro dos seus olhos e...

Quando ele voltou a se sentar, havia uma banqueta a menos entre nós, e eu pude sentir cheiro de cachimbo.

Peço minha Coca-cola e ouço sua risada.

– Alcoólatra?

– Como?

– Alcoólatra? Num bar de hotel, às onze da noite, natureba radical você não é. Não com uma Coca numa mão e um cigarro na outra.

– Olha, todos os naturebas que já conheci bebiam feito gente grande. E fumavam um monte de coisas.

– Alcoólatra? – Ele tem doces olhos castanhos, como os de um dálmata. Jesus, eu vou para o inferno. Faço que sim com a cabeça.

– Agora, Alma, pergunte por que eu estou bebendo café. – A educação que a minha mãe me deu não permite. – Ganho outro sorriso. Sou capaz de passar o resto da minha vida dizendo gracinhas para merecer que ele sorria para mim. – Hospedada aqui? – A trabalho – aponto para a porta. – Estou ali no vernissage. – Ah, você é a artista? Eu gostei muito. – Minha vez de sorrir e corar. Paquerando e corando. Pateta. – Esse é o meu telefone – ele me estende um cartão. – Vou adorar levar você para não beber em algum lugar. – Quando estendo a mão para pegar o cartão ele a toma e a beija, depois me olha e vai embora. Comemoro com uma vodca mental. E volto ligeiro para o vernissage, céus, mulher irresponsável.

Brevidade

A inevitável perda. O pano no chão da cozinha. O encontro das quinze horas. O bebê que não virá. O divórcio da melhor amiga. Os trabalhos em andamento. As cartas da Alline direto de Milão. A lambida no brigadeiro das costas da colher. A letra da música que diz "Será o meu amor, será a minha paz". A doçura da voz dele. O remédio para a pressão alta. O bolo que solou. As unhas cor de vinho. A ocasião imprópria.

Não, este não é o final de um conto de fadas porque, caso você não tenha percebido, isso não é um conto de fadas. O trabalho vai bem, produzo e vendo o que produzo. Dou entrevistas de vez em quando. Escrevo para uma revista. Continuo morando no mesmo lugar.

A tinta que seca na tela. Os perigos que rondam. Os neurônios que claudicam. O ouro do tolo. A contradição que revela. A ternura do momento. O problema varrido para baixo do tapete. Uma receita romana que ensina a fazer torta de língua de pavão. A caneta cor-de-rosa. O momento da virada. O cheiro do carro novo. O desejo que atrapalha. A necessidade que impera.

Paguei o IPTU atrasado, não se preocupe.

A fé que fingimos ter. A revisão do texto. O fôlego recuperado. A cabeça que não pára. A franquia do carro. A gata que pariu na minha cama. A lei do eterno retorno. "O estranho horror de saber que essa vida é verdadeira", do qual nos fala Fernando Sabino.

Seu Lurdiano continua vindo me visitar com novidades e bolos cobertos por panos de prato, montando e desmontando o ferro de passar e a torradeira só para ver como funcionam, e trazendo qualquer cachorro perdido que encontre no meio da rua "A senhora quer? O pobrezinho vai morrer".

A tradução que distorce. A voz que falha. Os olhos que embaçam. O carinho que implora. O amigo em Portugal. O cartão-postal que desbota. O mínimo denominador comum. Limonada na toalha da mesa. As lembranças que atropelam. O dia que começa. O dia que acaba.

A gatinha branca adotada pela gata amarela está enorme, foi castrada e vermifugada, e vive feliz aqui, caçando borboletas e batendo nos cachorros – ela é brava.

O metabolismo que acelera. O pé que tropeça. O mecanismo que compensa. A malha verde-folha. A transformação que atrapalha. O beijo que tira o fôlego. A caneca de chá quente. A guia do plano de saúde. O ar que congela. O caroço no seio direito. O acidente de trem. A habilidade enferrujada. A certeza inabalável.

Agora eu tenho porta-retratos espalhados na sala, com fotos dos que se foram, com fotos dos que ainda estão aqui. Na verdade, todos estão aqui.

A dor fininha que não some. O prato de torta no forno. O revólver na cabeça. A reunião à qual faltei. O amigo com cirrose. O pano de prato amarelo. O fundo da piscina. Séculos de lutas inglórias. O apartamento novo da amiga. A síndrome do pequeno poder. As conchas na areia. As novas idéias.

Sílvia não desistiu de pintar meu cabelo de cores exóticas. "Cobre cobaltino", "Pôr-do-sol-inconseqüente", "Vermelho-acobreado-apressado", "Doirado-folia", "Acaju-mimoso". O sonho dela é ser minha dama de honra e quando digo que nunca me casarei ela ri e não acredita.

– Dama de honra geriátrica, Alma, vamos lançar uma moda.

As taças de cristal lilás. O barulho do telefone. O trabalho aos domingos. O apito da chaleira. A tosse no cinema. A falta da empregada. O bloco de notas amarelo. A força ines-

perada. A perna que formiga. O justo e merecido descanso.
O sonho contado no escuro. A coleção de papel de carta. A
colcha listrada na cama.

Infelizmente, meu caro leitor romântico, não me tornei uma pessoa melhor, mais bonita ou bondosa. Julia Roberts não viverá meu papel no cinema. Ninguém, além de mim, vai fazê-lo. Sigo um dia de cada vez, como me foi ensinado. Agora, nem tão atenta com o lugar onde pouso meus pés, sigo, na mesma trilha e na mesma velocidade.

A cabeça que não pára. A receita de brevidade. A foto que mostra uma bebezinha de roupa laranja. O telefonema interminável. A porta que emperra. O copo de água gelada. A música do Itamar Assumpção. O passado que retorna. O futuro que demora. O manual do proprietário. A missão de uma vida. Os excessos mutilados. As melhores escolhas. Os desastres naturais.

Ainda acordo no meio da noite ouvindo um mar que não está aqui.

Os telefonemas sem sentido algum. O corte de cabelo adiado. O e-mail secreto. A saia laranja que não cabe, nunca coube. O tendão latejando. A promessa no gatilho. As portas batendo com estrondo. O correio que não vem. O futuro que vem a toda hora.

Em algumas dessas madrugadas, Andrei está ao meu lado. Numa delas, contei sobre a Fernanda e ele me segurou até eu dormir de tanto chorar. Numa outra madrugada, algum tempo depois, Andrei me contou que não era divorciado, que a mulher dele havia se matado. Esse foi o seu motivo para deixar a Hungria.

A dor de cabeça que passa. O vapor no vidro do carro. O cheiro de maçã. A análise precisa. O solvente universal. As mentiras que escutamos. Ausência da realização do desejo. A síndrome do pequeno poder. A géleia de laranja da Suzi. As conchas na areia. As novas idéias. A patrulha da moda. Os dados preliminares. O amor que não cabe no peito. As fotos esclarecedoras. A carta do departamento comercial.

Eu já sabia disso, Deus inventou o Google para a gente futucar o passado dos namorados, mas disse apenas um "eu sinto muito" bem baixinho que desapareceu no escuro. No dia seguinte ele chorou dando banho num cachorro. "Sabão, faz meus olhos arderem."

O medo do escuro. A jarra de chope. O gatinho que caça meu pé. O retorno das férias. A camisa que amassa. O jabuti que se esconde. A mancha de umidade na parede. A conta vencida do gás. O nível de açúcar do sangue. O frio insuportável. A chave do carro que sumiu. A interrupção que irrita. O sorriso que ilumina. A pedra no sapato. A massa adrede preparada. A piada fora de hora. Os amigos que se vão. O calor insuportável. A culpa compartilhada todos os dias, como um sanduíche. A espera, a espera.

Agradecimentos

Agradeço imensamente a todos os leitores do meu blog, o Drops da Fal (www.dropsdafal.blogbrasil.com), temerário grupo de guerreiros ninja, navegadores dos sete mares, mercenários de araque, cientistas virtuais, aqualoucos, corsários de dente de ouro, piratas da perna de pau e desajustados sociais que me mandaram pela tela do computador diferentes visões sobre os anos 70, votos de boa sorte e calor; e ao delicioso Fabinho Sampaio, que torna tudo – tudo mesmo – possível.

Amor para sempre para Fernando Buarque e Mabele Azevedo Cardoso pelo carinho, pela fé. E amor para Leopoldino Cardoso Filho, por seus silêncios, por suas palavras, por me chamar de "minha filha" e realmente fazer com que eu me sinta assim.

Agradecimentos às artistas Monica Schoenacker e Ângela S. Bueno, por me permitirem ter o mundo colorido de Alma através de seus olhos, por nunca me deixarem sem resposta.

Reverências e "ora por quem sois" ao redentor Grupo Falmigo, organização tão secreta e clandestina que não pode revelar o nome de nenhum de seus membros sob pena de extradição, execração pública, perda de direitos civis e ataques de fofulência incontroláveis.

Todos os obrigadas do mundo pelas histórias, danças dos sete véus e pratos de bolo para Alix Cooper, Alline Storni, Andréa Vasconcellos, Bela Nunziato, Beth Salgueiro, Cam Lafetá, Camila Manfré, Carla San, Carolina Camelo, Clarissa Menezes, Cláudia Assir, Cláudia Farias, Cláudia Lyra, Cora Rónai, Cristina Carriconde, Cristina e Laura Dias, Deborah Schmidt, Denize Barros, Eduardo Almeida Reis, Ella, Eva Miranda, Fabby Gouveia, Fátima Franco, Fefê Castro, Fer Assir, Fer Fonseca, Fernanda Pupo, Fernanda Werneck, Flávia Guimarães, Flávia Lacastagneratte, Flávia Mörking, Heloísa Lima, Inara Domingues, Jane Rodrigues, Juliana D´Alcantara, Lucia Capela, Lucila Figueiredo, Lucio Caramori, Marcia Leggett, Maria J. Torres, Maria Rosa Pereira, Mariza Vale, Meg Guimarães, Meg Marques, Melissa Toledo, Mi e Padu Merlotti, Mônica Manna, Monique Revillion, Moniquinha Chaves, Monix Melo, Naty Carvalho, Nency Elias, Patrícia Guimarães, Paula Abreu, Paula Grazziotin, Karime Farrah, Raquel Marquesi, Renata Cunha, Ro de Campos, Simone Teixeira, Suzi Castellani, Tatiana Barreto, Tereza Melo, Tina Crocce e Vanessa Lemes.

Agradeço à leitura cuidadosa de Cynthia Feitosa e Nelson Moraes, ao direcionamento que me foi dado pela professora Rose Prado, ao trabalho enorme que minha editora Anna Buarque teve com os originais e a Vera G. Correia, que não me deixou cair em tentação, amém.

Amor para Juliano e Davi Batista, Bernardo e Victor Vitiello, os meninos-maravilha. E para Marli Tolosa, Pedrão Vitiello e Patrícia Santana, amor desde sempre. Obrigada a Aurélio A. Cardoso, Hélcio Batista, Mabelinha Batista e Sara A. Cardoso, por me deixarem fazer parte de suas vidas.

Meus mais profundos agradecimentos a Ana Paula Medeiros, Ângela Fatorelli, Bel Pacheco Bernini, Bruno, Renata e Élcio Erbolato, Carina e Plínio Rizzi, Cláudio Luiz Ribeiro, Drica Maeda, Eliana Silva, Faby Zanelati, Fernando Balestriero, Gigio La Pasta, Gisela Deschamps, Helga Terzi, Iara Nicoletto, Janice e Priscilla Marques, Leandro Américo Vaz, Mani Adaia, Márcia Perroni, Marlene e Aurora Merichelli, Mauro Chazanas, Mônica W. Miranda, Neusa e Raimundo Pecoraro, Paulo José Meyer Ferreira, Rui, Patrick e Sônia Rezende, Sílvia Fernandes, Telinha Cavalcanti, Tereza Bueno e Zel Maravalhas, provas de que a família vem de todos os cantos, de todas as formas.

Às jornalistas e escritoras Esther Bittencourt e Ana Laura Diniz, gratidão e meu amor eterno pela acolhida, pelo carinho, pelo amparo, por todas as gentilezas na hora mais difícil, na hora sem nome. Este ano aprendi que só as dívidas pequenas são pagas. As grandes, nunca.

Amor para Lígia "Eu-Físico" Bernardi (a decifradora de garranchos), minha querida, meu norte, a melhor parte de mim, de todas nós, minha irmã, minha irmã, minha irmã.

E para Alexandre Azevedo Cardoso mais que gratidão, mais que amor, mais que minha própria vida, você que nunca deixou que o caos se instalasse nem dentro e nem fora, que me amou muito mais do que eu jamais mereci e que cuidou de mim como eu nunca havia sido cuidada. Você adorou esta história e nada me conforta tanto quanto o fato de você ter tido tempo de lê-la.

FAL VITIELLO DE AZEVEDO CARDOSO
São Paulo e Caxambu, novembro de 2007
Garanhuns, dezembro de 2007

Este livro foi impresso na Editora JPA Ltda.,
Av. Brasil, 10.600 – Rio de Janeiro – RJ,
para a Editora Rocco Ltda.